「あー……連絡は来ていると思うが、『第二錬金科』の皆に錬金スキルを教える事になった忍宮樹だ。よろしく頼む」
イツキ
「せんせー。あんまり肩肘張らなくていいよー。気楽にいこー」
ラズ

「はいはいは～い！
せんせは恋人いますか～？」
クラン

「……案内人さん、なにしてるの？」
「え？　普通にお仕事中ですけど？」
案内人さん

11

異世界でスロ～ライフを(願望)《いせかいですろーらいふを(がんぼう)》

I have a slow living in different world (I wish)

著：シゲ【Shige】

イラスト：オウカ【Ouka】

異世界でスロ～ライフを〈願望〉 11

I have a slow living in different world (I wish)

CONTENTS

序章　ガツンとお肉カレー

王都にある勝手知ったる隼人《ハヤト》のお屋敷。

相当広くてでかいお屋敷なのだが隅々まで掃除が行き届いているのは、隼人が雇っているメイドさん達《たち》が毎日掃除をしているからだろう。

流石《さすが》は英雄であり伯爵家である隼人のお屋敷だ。メイドさんの教育も行き届いており、俺が横を通るとすっと作業の手を止めて頭を下げてくれる。

……いや、俺はただの平民だし何度も転移先として利用させてもらっているだけだから客人って訳でもないいと思うし頭を下げなくても良いんだよと毎回思うんだけどね。

そんな隼人邸で俺が今何をしているかというと、カレー作ってます！

隼人の立派なお屋敷を！　カレーの匂いで内部から包み込んでおります！

……大丈夫だ。許可は取ってある。というか、昼食を作っているだけだ。

初めてこの世界でカレーを食べた日以降クリスも作っているので、メイドさん達ももう慣れていて怒られる事はないはずだ。

「お兄さん。サラダの準備をしておきますね」

「じゃあ私はラッシーの用意を進めておくわ」

「ああ。クリス、ミゼラよろしく頼む。隼人達はそろそろかな？」

「隼人様達ですか？　そうですね。もうそろそろではないかと思います」

今、隼人と七菜《ナナ》はテレサや副隊長と出かけている。

俺は一緒には行けない場所だったので、その帰りを待っている間に隼人の屋敷で昼飯を作っているという訳である。

七菜と知り合い、カレーの作り方を教えて貰《もら》ってからはカレー三昧だ。

カレー三昧ではあるが一向に飽きる事は無く、ミゼラやウェンディ達もカレーを作り、それぞれのカレーもどんどん進歩して美味《おい》しく俺好みになってきているのだ。

かくいう俺もカレーへの情熱は誰にも負けていないので研究を重ね、今回は自信作を作っているという訳である。

テキパキと動くクリスが、大皿にサラダを盛ってくれているのを背中に俺はゆっくりとカレーの入った鍋をかき混ぜる。

今回は野菜が溶け込むまでじっくりと時間をかけて煮込んだ旨《うま》さの凝縮されたカレーを作っているのだが、俺はカレーと言えば肉は必須派だ。

だが、このカレーの中には肉はない。何故《なぜ》かというと……。

「ご主人様。こちらのお肉もそろそろ良さそうですよ」

「おお、良い出来だなあ」

ウェンディが持ち上げてみせてくれたのは豚のバラ肉の塊に焼き目を付けてから、今俺が煮込んでいる物とは別の味のカレーで煮込んでいるものだ。

香ばしい焼き目と、トロトロホロホロになるまで煮込んだ塊肉をカレーと共に食べる……不味《まず》いわけが無いんだよなあ！

しかも別々の味で煮込んだことによりそれぞれの味わいに加えて、ほぐしてから食べると僅かに味が変化して、それがまた美味《うま》いのなんのって……おっと、涎《よだれ》が垂れてしまうところだった。

「大きいお肉ですよねえ。こういう豪快な発想は私達には出来ないですね」

「私なら食べやすいように一口の大きさにしてしまうわね。男の料理？　だったかしら？」

「豪快に肉を口の中いっぱいに頬張るのが美味いんだよ。肉！って感じたくなった訳よ」

「それで、この大きなお肉を一人一個ですか……食べきれるでしょうか？」

「なんだかんだ食べちゃうと思うぞ？　ウェンディもペロリだろう」

「そ、そんなにたくさんは食べられませんよう！」

ええー？　俺は知っているんだぞう？　ウェンディは、美味いものは意外と沢山食べる。

流石にシロや冒険者であるアイナ達ほどではないが、さりげなく食べているのを俺は知っているのだ。

とはいえ、大食いだとは思われたくはないのだろう。

そういうところが可愛《かわい》いよなあ……だが、この肉の前には無駄な抵抗であると知るが良い！

「ふふふ。確かに量は多そうですけど、絶対美味しいやつですよね。隼人様も目を輝かせて気に入るでしょうねえ」

はあ……と、ため息をつくクリス。

おいおい、でかい肉の前でついていいため息は肉の美味さと大きさに感動した時だけだぞ？

「私もカレー作りは挑戦していますけど、隼人様はお兄さんのカレーを一番気に入りそうですよね」

「おいおい。そんな事は無いだろう。隼人ならクリスの料理が一番だと思うぞ？」

料理は愛情……だけではないが、美味しい上に愛情も含まれていればそれが一番だろう。

クリスは料理が上手だし、隼人への愛情は誰にも負けない程持っているだろう。

「そうでしょうか……？　むう……悔しいです」

「そうですよ。クリスの料理が僕には一番です」

「は、隼人様？　おかえりなさいませ！」

すっとクリスの背後から現れたイケメンは当然隼人だ。

俺からは見えていたのだが、クリスは気づいていないようだったので黙っておいた。

クルリと振り返り、焦った様子を見せるクリスの可愛いさまを見て隼人は微笑《ほほえ》んでいるようだが、

その気持ちはよくわかる。

俺もさっきウェンディをからかって可愛さに微笑んだばかりだからな。

「お帰り隼人」

「ただいま戻りました。イツキさん」

「七菜はどうしたんだ？」

「ここにいるぞぉー！」

デーンっと、俺の影から出てきたのは真祖の吸血鬼《ヴァンパイアアンセスター》である七菜。

いやお前俺の影にワープできるのは知っているが、隼人と一緒に帰ってきたのならわざわざ影から出て来るなよな。

まさか……俺を斬る気じゃないよな？

「あぁー良い匂いー！　お腹空《なかす》いた！」

「お邪魔するでやがりますよ。おお、今日もカレーでやがりますか」

「カレー美味しいですよねえ！　私達神官騎士団内でも大ブームですよ！　力も出ますし、美容効果まであるとか最強ですね！　ただ、お米がアマツクニからの輸入品で、スパイスはロウカクの物なのでちょっと高いんですよねえ……。パンでも美味しいですけど。それで、お相伴には与《あずか》らせていただけるんですかねえ？」

と、テレサと副隊長も一緒に戻ってきたようだが、多少人数が増えても問題ない程の量を作ってあるので大丈夫だ。

俺と隼人はアマツクニの豪商の娘であるユウキさんのお力添えで定期的に米を購入させていただいているから、他所《よそ》で買うよりは少し安く買えているしな。

「ああ勿論《もちろん》。色々結果も聞かせて欲しいし、腹も減ったろ？　まず飯にしよう。悪いけど、誰か外で鍛錬しているシロ達を呼んできて――」

「ん。もういる」

……何時《いつ》の間に俺の横にいたんですかね？

気配が……気配が全く感じ取れなかったんですけども。

最近のシロは強さもそうだが、気配の消し方まで向上している気がするんだよなあ。

しかも、俺がシロを探す際には大体傍《そば》に来ているというね。

「お、おう。あれ？　アイナ達は？」

「外で寝てる。寝てる？……倒れてる？」

「ちょっと待て!?　ちょ、ウェンディ！　カレーを頼む！」

倒れてるって、おま、置いてきちゃ駄目だろう!?

回復ポーションを準備して今すぐ向かう――って、

「倒れたままな訳ないでしょ」

と、角を曲がろうとしたところでソルテ達が現れたのだが、土やら砂やらで服や顔が汚れているようで、多分先ほどまでシロの言う通り倒れていたのだろう。

鍛錬の成果は……シロにボコボコにされたという事だけは分かった。

「おお。復活早い。見直した」

「戦闘面で見直しなさいよ！」

「いやあ、今日もボコボコだったたっすねえ！」

「ああ。まだ差は広いな。だが、以前ここで鍛錬した時よりも強くなったと自覚は出来たな」

「ん。二人共強くなってた」

シロに褒められて素直に嬉《うれ》しそうに照れるアイナとレンゲ。

シロに関しては社交辞令など言う性格ではないし、純粋に褒められたと分かるから嬉しいのだろう。

「私は!?」

「ソルテは……もう少し冷静になった方が良い。イライラよくない」

「あんたが挑発するからでしょうが！　『最近シロはちっぱいが大きくなった。ソルテは……あ、ごめん』とか、戦いながら言うからでしょうが！」

相変わらず犬猿の仲というか、狼《おおかみ》と猫だが相性が悪いなあ。

どちらも本気で喧嘩《けんか》をしているという訳ではないのは分かっているが、シロがからかいソルテがそれを真に受けると、最早《もはや》よく見る光景となっているのは良い事なのだろうか？

「だって事実。それより、早くお風呂に入った方が良い。お腹空いた」

「むっかー！　あんたは汚れてないからって……隼人卿《きょう》！　お風呂借りるわよ！」

「あ、はいどうぞ……」

と、隼人は二人が喧嘩していると思ったのかハラハラしており完全に気圧《けお》されていたんだが……

お前、この屋敷の主だしもっと堂々としていていいんだぞ？

「我々もお借りさせていただこう。ああ、皆は先に食べ始めていて良いからな」

「食べ尽くすのは無しっすよー！　自分達もお腹ぺこぺこなんすからね！」

「ん。善処する。でも、主のご飯は特別美味しいから分からない」

「そうですね！　あまり遅いと食べ尽くしてしまいますよー！」

と、シロと副隊長が冗談を言うが……冗談だよな？

冗談に感じなかったのかレンゲがダッシュでお風呂へと向かい、アイナも本当だったら困るといった顔で俺の方を見ていたがちゃんとお前達の分は残しておくからゆっくり洗ってきて欲しい。

「シロは行かなくていいのか？」

「ん？　土も砂もついていてない」

「それでも、手は洗ってくるように」

「んー。分かった」

テトテトと歩いてキッチンにある水場で手を洗い始めたんだが、手の洗い場は別に……まあいいか。


皆が帰ってくるタイミングがちょうどあってしまい料理から少し離れてしまっていたのだが、ウェンディ達が食事の準備をしてくれていたのですぐさま昼食を食べる事が出来る状態になっていた。

結構騒がしかったと思ったのだが、ウェンディ達は平然と食事の準備をし始めていたあたりもう慣れっこということだろう。

「んっふー！　イツキ天才！　お肉が！　お口の中がお肉でいっぱいになってじゅわああって肉汁が！」

俺から血を吸って味が分かるようにしたらすぐさま塊肉にかぶりついた七菜。

もにゅもにゅと高速で嚙《か》み砕いてあっという間に飲み込むと最高の笑顔と共に大きな声で感想を述べてくれる。

美味しい、とはまだ言ってはいないが、体全体で美味しいと表現しているようでただ美味いと言われるよりも何だか嬉しい。

「ん。これは素敵。野菜がない」

「あるぞ。野菜は全部溶かしてあるからな」

「なんとびっくり……これから全部そうした方が良い」

嫌だよ……。香ばしく焼いた野菜や生野菜のしゃきっとした歯ごたえや新鮮なトマトを味わいたい時とかもあるんだよ。

あと、サラダは食べろよ。葉っぱはいらないじゃないぞー。

「あえてカツではなく、ひと塊の肉っていうのが良いですねえ。お肉も大きいのにホロホロですし、甘口のカレーとスパイシーなお肉で食欲を刺激しますね！」

塊肉を煮込んだカレーの方はほんの少し辛口にしており、このおかげで食欲が進むという仕組みに気づいたか。

ウェンディ達もお肉を口にした後は米とほんのり甘めのカレーが進んでおり、食べられるか分からないと言っていたものの問題は無いように見える。

「これはなかなか……」

「お肉が大きい！　幸せですねえ！」

と、テレサと副隊長にも満足してもらえているようだ。

この世界に来て料理を作る機会はかなり増えたが、こうして皆の喜んでくれる顔を見るたびに次ももっと美味い物を作ろうと思えるんだよなあ。

「むむむ……やはり美味しいですね。ここを私なら……と、工夫する余地も思いつきません……悔しいです。あむ」

クリスはじとーっと恨めしい視線を俺に向けながらカレーを食べているようだが、俺が困った顔をするとふふっと微笑んで冗談ですよと伝えてくれる。

「それで、結果はどうだったんだ？」

「あむ？」

口にスプーンを咥《くわ》えたまま首を傾《かし》げる七菜。

うん。その所作自体は可愛いと思うが、危ないから止《や》めときなさい。

あと、ちらちらとまだ残っているカレーを見ても別に逃げないから……シロが颯爽《さっそう》とおかわりをしにキッチンへと向かって行ったけどまだ沢山あるから大丈夫だよ。

それよりもお前達がさっきまで出掛けていた先での結果を早く聞きたいから聞かせておくれよ。

「んんー？　大丈夫……だったよね？」

いやお前当事者だろう？　なんでテレサ達に確認するんだよ。

……まさか、こんな重要な事を真面目に聞いてなかったとかってオチじゃないだろうな？

「イツキ？　何考えてるかわかるけど違うからね？　よく分からないけど着いたらテレサちゃん達

がお爺《じい》ちゃんとお話して、訳も分からず膝をついてお祈りのポーズを取ってたらぽんぽんって肩を叩《たた》かれて、終わり？って思ったらお爺ちゃんにネックレス貰っただけなんだもん！」

「……ん？」

今の説明だと訳も分からないままお祈りをしてお爺ちゃんにネックレスを貰って帰ってきたと言っているように思えるんだが……テレサ？

「まあ間違ってはいないでやがりますね」

「あ、そうなの？」

『そうだよー！』と、七菜はプンプンと怒っている様子だが、シロが七菜の分までお肉を持ってきて分けてあげるとそっちに気を取られてくれた。

ナイスだシロ。あと、特盛なんだけどお米はソルテ達に残してあるのかな？

もしかしてまた炊かないといけないのかな？ と思ったら、先んじてウェンディが動いてくれたようだ。流石はウェンディである。いつもありがとう。

「私達も驚きましたよう。教皇様に詳細をお伝えしようと思ったら一目で七菜さんを『祖』だと察してくださいましたからね。流石は教皇様というしかなく、我々がどうして欲しいのかも理解して洗礼をして頂けました」

「教皇様の洗礼を受けた以上、七菜は教皇様の名の元に安全であると証明されたという訳でやがりますからね。これで七菜が聖職者に襲われそうになっても頂いたネックレスを見せれば問題ないという事でやがりますよ」

おお、無事に教会のトップに安全と証明されたわけか！

ん？　つまり、七菜が言っていたお爺ちゃんって、教皇様か！

こいつ……教皇様を前にして誰だか分からなかったのか……。

なんとなくだが、通された部屋の内装を『わぁー』と、感動しながら見ていたら話が進んでいたとかそんな感じだったんだろうな。

教皇様とお会いする部屋とか、洗礼もそのましてくださったことを考えると美しい内装の部屋だったのだろうしなあ。

……ちょっと俺も見てみたかったな。

「僕も一応証明するためについて行きましたけど、何の役にも立てませんでしたね」

「いやいや、隼人卿がいたのは心強かったでやがりますよ。教皇様がすぐ察してくださったからというだけでやがりますしね」

「そうですよう。教皇様も隼人卿が訪れるという事でお忙しい中お時間を空けてくださいましたしね。本来であれば数百日は後になっていたのではないかと思います。それだけお忙しい方ですからね」

おお、英雄隼人の影響力は教会の教皇様にまで及ぶとは流石は隼人だな。

「ん？　すんなりいった割には帰るのが遅かったよな？　何かあったのか？」

「あー……それはですねえ」

「えっと……で、やがりますぅ……」

ん？　なんだ？　いきなり口ごもってどうしたんだ？

何か言いにくいような事でも起こったのか、それとも七菜が何か失礼な……いや、心を読んで俺を睨《にら》みながら頬を膨らまさないでくれ悪かったって。

「その……教皇様が洗礼を終えてネックレスを渡した後に七菜さんの耳飾りにご興味を持たれまして……」

「耳飾り？　ああ、俺があげたやつか」

『お小遣い』のスキルで手に入れた金貨を加工したやつな。

何故かお小遣いで手に入れた金貨には神気とやらが込められており、その力を使って七菜に備わっていた魔の気配とやらを抑え込んだアクセサリーだ。

「まあ、魔の気配を抑えるというありえない性能な上に私達ですら神気を感じるでやがりますから、当然教皇様もお気づきになられるわけで……」

「大変興奮して我々に説明を求めてきたんです……それでですねえ……」

ん？　なんで俺のご機嫌を窺《うかが》うかのような視線を向けてきているんだ？

この話に俺が何か関係するのだろうか？　えっと……面倒事は嫌なんですが……？

いやでも少なくとも隼人は俺が面倒事は嫌だと分かってくれているはず。

きっと上手《うま》い事はぐらかしてくれたと思うんだよ。俺は隼人を信じてる。なあ隼人。

「えっと、七菜さんがイツキさんが作った物だと誇らし気《げ》に語ってしまいまして……」

「……」

お前かー！　ああ、お前なら口を滑らせそうだな！　盲点だった……。

あるとしたら副隊長が良かれと思ってとか考えていて本当にごめんね！

「あむあむ……ん？　テヘ？」

カレーのお肉を飲み込んでからテヘじゃあないんだよ？

お前、可愛いは正義だとでも思っているのか？

大人らしく良い言葉を教えてやろうか？　時と場合によるんだよー！

あとほっぺたにカレーついてるぞ。

「だってさあイツキが作った物が凄《すご》い褒められたんだよ？　そりゃあ誇らしい気持ちで自慢しちゃうよね！　うちのイツキは凄いんだよ！って！　凄い褒めてたらお爺ちゃんもうんうんって嬉しそうに頷《うなず》いてたんだよ！　あ、でも安心して！　これは私のだから。教会の至宝にとか言われたけど、嫌だ！　絶対駄目！ってちゃんとお断りしてきたからね！」

「……」

……そっか。自慢しちゃったかあ。

教皇様に駄目って言ったとドヤ顔してますわあ。

俺が作った物が褒められて嬉しくなっちゃっちゃったんだ。

じゃあしょうがない……って、いやでもそれで終わりじゃないよなあ？

「それでですね……教皇様から、お願いがございまして……あ、勿論命令ではないですよ？　あくまでもお願いなんですけども……お金に糸目はつけないので、同じものを用意してはいただけない

か、と……」

……それは、お願いという名の命令では？　教皇様が一般庶民錬金術師である俺にアクセサリーを作って欲しいなーって言ってるんだよね？

……作るよ。そりゃあ作らせていただきますとも。

断ったら何か起こりそうじゃん！

多分きっと教皇様に悪気はなくとも、三顧《さんこ》の礼みたいなことでもされたら大迷惑だよ！

それならば耳飾りをさっさと作った方が圧倒的に気持ち的にも楽じゃないか！

「……一応、この製作者を聖人指定にしたいから教えて欲しい……と言われたでやがりますが、絶対に嫌がるので止めた方が良いでやがりますと釘《くぎ》は刺しておいたでやがります」

それは本当にありがとう。

聖人とか……テレサの聖女のようなものだよな？

周囲から崇《あが》められ、聖人らしい生き方を強要されるんでしょうか？

いやでも、テレサは聖女らしからぬ行動を自らしているのでそこまで厳しくはないのかな？

まあどちらにしてもなりませんけどね。

だって俺平穏に生きていきたいんだもの。

教皇様すげえなあ！って思うけど、お近づきになりたいわけじゃないの。

遠い所から見てすげえなあって思うだけでいいの。

おお、あの方が教皇様……一目見れて良かったなあって、ミーハーな程度で申し分ない訳なのよ。

「その代わり、どうにか作ってもらえないかは頼んでみるという条件でやがりましたけどね」

「分かった……。テレサ達の顔を立てる為《ため》にも作らせていただくよ」

「勿体《もったい》ないですよねえ……聖人ともなれば、教会の修道女とあんな事やこんな事もし放題でしたのに……！　勿論、私も……」

「嫌だよ。地位も立場も興味はないし、俺は大人しく平穏な生活を望んでいるの」

俺はゆったりとした生活を至上としており、それを目指して仕事をしているんだよ。

錬金は楽しいからこれからも続けはすると思うが、聖人なんてなったら教会の行事なんかにも出ないといけなくなるんだろう？

……うん。絶対に面倒くさい。

だからお金に糸目はつけないそうだが、材料として使う金貨一枚で良いです。

レイディアナ様には大変お世話になっているので、一つだけという条件で寄付という形にさせていただきます。

というか、聖人が教会の修道女とあんな事やこんな事をしていいものなのか？

あ、そうか。レイディアナ様って確かハーレム推奨の女神様で、子作りも推奨なさっている方でしたっけ？

……レイディアナ様を信奉している教会だから、そういう事も全く問題ない訳ね。

いや、だからと言って悩まないいけどさ。

とはいえ……修道服はちょっといいよね。

ウェンディ達に着てもらって……というのは、とても良いと思うの。

しかもコスプレ衣装ではなくマジモンというのがまた……衣服の研究用にという名目でお礼に頂くとかありだろうか？

「……イツキ。いやらしいこと考えてるでしょ。エッチ」

「……考えてませんよ？」

「嘘《うそ》だあ。鼻の下うにょーんって伸びてたよ？　まったく、イツキはエッチだなあ。どうせ副隊長のおっぱいでも見てたんでしょ？」

「なんでわかるんですかねえ!?」

「イツキ分かりやすいもん……。顔に読みやすく書いてあるよ？」

そんな馬鹿な……と、顔を触ってみるが分かる訳もない。

「おお？　私をご所望ですかあ？　仕方ありませんねえ。教皇様のお願いをお受けしてくださるようですし、報酬として私を好きにしても――」

と、自らのおっぱいを持ち上げて強調しながら俺に見せびらかして誘惑をしてくる副隊長なのだが――。

「どうぞ。おかわりです！」

副隊長が言い終わる前にご飯を炊きに行ってくれていたウェンディが戻ってきており、山盛りのカレーを副隊長の前に置いた……。

お肉がなんと3個も乗っているのだが、既に副隊長は1個と1皿食べているんだが……。

「………イタダキマース」

「ちなみに、副隊長は見ていたけど気になったのは修道服の方な」

「踏んだり蹴ったりじゃないですかぁ……あむ。カレーの美味しさが複雑に感じますぅ……」

「あ、今思ったんだが教皇様には副隊長の持っているあれを――」

「踏んだり蹴ったりどころじゃない!? それは嫌です！　たとえ教皇様のお願いでも、ダーリンさんのお願いでも絶対に譲りませんよ!?」

……まああれはお礼の品でもあるし、流石に酷か。

とりあえず、教皇様宛のアクセサリーは作らせてもらうが、そのカレーはきちんと食べきるんだぞ。

第一章　エリオダルトの研究

王城の一室にあるエリオダルトの研究室へとやってきた俺とミゼラ。

今日は王国筆頭錬金術師であるエリオダルト……ではなく、その弟子であるチェスちゃんにお呼ばれしてミゼラを連れてやってきた。

「遠路はるばるありがとうございますぅ……」

と、低く低く頭を下げて迎え入れてくれるチェスちゃん。

まあ俺にとって王都は隼人《ハヤト》の家へ座標転移《ポイントゲート》を使って行けるので遠くはないんだけどね。

「久しぶりねチェス。随分と疲れているように見えるけど……」

「ミゼラ！　お久しぶりです。疲れてはいますけど大丈夫です」

と、二人は久しぶりの再会にきゃっきゃとしていたのだが、俺の生温かい視線に気づいて恥ずかしそうにしてしまった。もっと続けていていいのになあ。

さて、今回来ることになったきっかけなのだが、何時《いつ》ものように家でシロとくっつきながらまったりとくつろいでいたら手紙が届いたのである。

『師匠が一つの研究に掛かりきりになってしまい、最低限のお世話をしつつそれ以外の時間を自分の錬金の時間としていたのですが行き詰ってしまい、師匠に助言を頂く事も出来ず図々《ずうずう》しい事とは重々承知なのですがご教授頂けないでしょうか……』

といったとてもかしこまった文章で、なんというか必死さが伝わってくる内容であったこととミゼラも会いたがっていたので様子を見にお伺いする事にしたのである。

以前来た時とは比べ物にならない程片づけられている部屋に入り、まずはソファーに座ってお茶を頂くことになった。

「しかし、本当に集中してるなあ」

少し離れたところで机に向かい、ぶつぶつと何かを呟《つぶや》きながら筆を走らせているエリオダルト。

恐らくあれは設計図か何かかな？　中身は見えないが、紙に書き込むとしたら恐らく設計図だろう。

「はい……この前地龍の素材を頂いてから何か思いついたらしく、その研究にかかりっきりなんです。今までもこういう事はあったのですが、今回は得に長く集中しているようでして……食事を取らせるのも寝させるのも大変なんですよう……」

と、遠い目をして虚空を見上げるチェスちゃんの苦労は絶えないようだ……。

人の振り見て我が振り直せという言葉もあり、俺はミゼラに苦労はかけないようにしたいと思う。

……だから、俺をそんな目で見るんじゃないぞミゼラ。

俺はちゃんとご飯も食べるしお風呂にも入るし寝もするだろう。

……たまに、忘れて朝になっており強制的に寝かされる場合もあるけど、たまにだから！

そ、そういえばエリオダルトは地龍の素材を渡した際に何か閃《ひらめ》いていたようだったな。

またいつものように『マイフレェェェエエエンド！』って、扉を開けた瞬間に抱き着かれるんじゃないかと警戒したんだが、俺達《たち》が入って来たのにも気づいていないようだしまた凄《すご》い物をきっと作るんだろうなあ！

「それで、早速なのですが……」

「ああ、ご教授との事だけど何をすればいいんだ？」

「はい。その……ポーション作りを教えていただきたいなと……」

「ポーション？」

「はい。最近どうも成長している気がしなくてですね……。伸び悩みというか、壁に当たっているような気がしまして……。一人で何とかしてみようと試んでみたのですがどうにも……」

「あー……教えるのは構わないんだけど、チェスちゃんはエリオダルトの弟子だろう？　それを俺が教えるっていうのは良いものなのか？」

「その点については大丈夫です！　師匠から許可は頂いています！」

バーン！っと、紙を取り出して俺に見せてくるチェスちゃん。

そこにはミミズが這《は》ったような字で『マイフレンドに習うのを許可するデェェエス！』と、書かれていた。

ついでに、『私はポーション作りは苦手なのデェェェス！』とも……。

……デェェエスは口癖じゃないのか。文字でもこうなるのか。と、許可した事よりもそっちに驚いてしまったが、許可は下りているらしい。

それと、天才エリオダルトにも苦手な錬金のジャンルがあるんだなと驚いた。

「んーエリオダルトが良いっていうのなら構わないか」

幸いにもポーション作りは俺は得意だと言えるとは思うし。

魔道具に関しては、エリオダルトの方が圧倒的にすごいけどなあ。

「私が言うのもアレですが良いんですか!?」

「ああ。ミゼラと一緒にって形だけどそれでもいいかな？」

張り合えるライバルがいるという環境はミゼラにとっても良い刺激になるだろうしな。

「勿論《もちろん》です！　研鑽《けんさん》しあえる友とのご指導……道が開ける気しかしません！」

「私も構わないわ。チェス一緒に頑張りましょう」

「はい！」

と、気持ちの良い返事を頂いたところでそれぞれ錬金道具を取り出してもらい、ソファーとテーブルを使って錬金を始める事に。

「ん？　それは……」

チェスちゃんが取り出した錬金道具は普段俺が使わない物もかなり多く、その中でも目を引いたのは表紙にフラスコの絵が描かれた一冊の本。

「これですか？　これは一般的な新人錬金術師の教科書です」

「へえ……そんなものがあったのか」

「え……普段使われていないのですか？」

「使った事は無い……よなあ？」

少なくとも俺の記憶の中では見た覚えもない。

錬金術師ギルドにも置いていなかったと思うが……ミゼラも首を横に振っており、見た覚えはないらしい。

「そうね。私は全部師匠に言われたやりかたでやっているから……」

「そうなんですね。基本的に錬金術師ギルドに所属した際に渡されるものなのですが……」

……つまり、レインリヒがくれなかったって事じゃねえか。

俺もミゼラも所属しているが、どちらも貰《もら》ってないぞ。

俺はともかく、ミゼラには渡すべきではないのだろうか！

「と、とりあえず二人の今の実力を見る為《ため》にも10本試験を行うか。回復ポーション（小）を10本錬金してみて何本出来るか試すぞ」

「「はい！」」

材料は俺が用意した上等な薬体草を使ってもらい、用意スタート。

二人は真剣な眼差《まなざ》しでポーション作りに取り組んでいるのだが、チェスちゃんは本を読みながら行っているようだ。

「えっと……薬体草は量りで……畳み方は……乳棒の角度、擦る回数は……っと……最後に水と魔力を注いで。むう……失敗してしまいました」

……んん？

どうやら事細かに教科書に記されているようで、チェスちゃんはそれに従って決まった様子でポーション作りをしているようだ。

しかし、それは……いや、一先《ひとま》ず結果を見てみるか。

「ミゼラ四本。チェスちゃんが二本か」

「ううう……ミゼラは凄いです……」

「今日は調子が良いみたいね。それで、気になったのだけどどうして本を見ながら錬金をしていたの？」

「え？ それはポーションの作り方が書いてあるので、その通りに行っただけですけど……」

「悪い。ちょっと見せてくれ」

と、疑問符を浮かべたままのチェスちゃんから教科書を受け取って中身を見せてもらったのだが……うわあ、凄いなこれ。

チェスちゃんの錬金の様子を見ていて予想はしていたが、やはりというかなんというか……。

初心者用とあるのに随分と分厚いなと思ったら、ポーションの作り方一つを数ページに渡って事細かに書いてあるのだが……事細かすぎる。

「薬体草の量から使用する水の量……は、専用の乳鉢を使う、と。畳み方まで決められてるのか……角度までって凄いなこれ……擦る回数っておいおい……」

あまりにあんまりな内容に乾いた笑いが出てしまう。

「お、おかしい内容なのですか？」

「おかしいというか、なんで大事な薬体草の状態は考慮されてないんだろうなとか、専用の道具があるとかちょっと変な点があるなあ、と」

特に専用の道具についてが一番謎だ。

水の量を一定にするために線の入った乳鉢を使うからだとは思うが、別にそれならば量って入ればよいだけで、たかだか線が入っただけの乳鉢が普通の乳鉢の値段の10倍近い値段というのはどうなのだろうか。

……ふと頭に浮かんだのは、学校指定という名のお高いノートPCを買わねばならないという話。

それ以外のノートPCでも良い場合は良いんだが、それでないと駄目とかいう話も聞いた覚えが……恐らくは何らかの利権が絡んでいるのだろう。

そして、何も知らない新人は恐らく皆買ってしまうのだろう。

「ちなみに、この書はタダでもらえるのか？」

タダなら……せめてタダならば……。

「いやいや。渡される際はタダで頂けますが、錬金術師ギルドに作った物を売った際に2割程その書の代金として持って行かれますね。レベルで言うと、5になるまでは続く形です」

……お金取ってるのか。

しかもいくらと決めずにレベルが上がるまで続くという……最悪レベルが5になれないと永遠に支払うという訳か。

やはり、利権が絡んでいるのだろうなあ……えぐいなあしかし。

もしかしてレインリヒはそれを知っていて俺達には渡さなかったのだろうか？

さらには、無駄だと分かっていたという……本当、出来る師匠ですレインリヒ！

心底尊敬させていただきます！

それはそれとして……

「……チェスちゃん。ちょっと見ておいてね」

「は、はい。あ、お手本を見せていただけるんですか？　でも、本はお持ちではないようですね。

ではこの本を――」

「いや、大丈夫」

今までこの教科書のやり方でやってきたチェスちゃんに対して、この教科書は正しくはないのだと伝えるには説得力が必要だ。

という事で、この教科書に書いているやり方とは全く違う方法でポーションを作ってみせるのが良いだろう。

「まず、薬体草な」

ぽいっと特に枚数を気にせずなんとなくの量を摘《つ》まんで乳鉢の中に数枚入れて見せる。

「え!?　枚数は数えないのですか？」

驚いているチェスちゃんはそのままに、水をこれまた量らずに適当に入れてからはみ出した薬体草を乳棒で乳鉢の中に込めるとなるべく少ない回数で擦り終えて魔力を注ぐ。

「……はい。完成」

擦った回数は10回くらいかな？　なるべくしっかりとこすりつけて薬体草の薬効を染み出させた

結果上手《うま》くいった。

無事に回復ポーション（小）を作り出して見せると、チェスちゃんはポカーンっと口を開けたまま固まってしまっていた。

「師匠。そんなにあっさり手早く作られると私も自信が無くなりそうなのだけど……」

「いや、だってさあ……」

確かになるべく手数を少なく作るようにはしたけれど、ポーション作りにこれという決まりはないんだもん。

勿論人それぞれのやり方があり、恐らくあの教科書に記載した錬金術師のやり方はあれなのだろうけど、ポーションの作り方なんて薬体草の状態や薬体草の薬効の抽出具合、魔力の量などで変わるものなのだ。

ぶっちゃけ、上手くなるには慣れしかないと思う。

乳棒から手に伝わる薬体草の潰れ具合、変化した水の色合い等を回数を重ねて覚え、魔力もどの程度注ぐかは薬体草に含まれる魔力の量などを配慮して感覚で覚えるしかないと思うの。

「って訳で、ポーション作りに決まったものは無い。ミゼラも水の量や擦る回数は自分で見極めているからな」

「そうはいってもまだ完璧には出来ないけどね。主様のように10割成功なんてまず出来ないわ」

「でも、段々向上してきているだろう？　最近は3割方成功出来ていたのが、4割になる事が増えてきているしな」

「10割……ミゼラちゃんも4割近く……」

ぽそっと呟いた後に顔を俯《うつむ》かせてしまうチェスちゃん。

えっと……流石《さすが》に今まで教科書を見ながらやっていたのだから落ち込んでしまうか。

「って事で、俺が教えるとなると感覚任せになるんだけど……大丈夫かな？」

「はい！　大丈夫です！　ミゼラちゃんと同じやり方で教えてくださると助かります！」

ぱっと顔を上げると、闘志を燃やしているかのような気合の入った顔をして、鼻息をふんすと吹き出したチェスちゃん。

どうやらしっかりと切り替えが出来たようで、ミゼラと同じ道具だけになるように他のいらない物を仕舞って行った。

「んじゃあとりあえず自由に作ってみようか。分からなかったら俺に聞いてくれれば教えるからね。ミゼラもどんどん作っていこう」

「「はい！」」

と、良いお返事だ。さて、とりあえずチェスちゃんの方をじっくり見てあげるとするか。

「えっと、まずは薬体草を……これくらい……？」

恐る恐る薬体草を手に取って乳鉢へと運ぶと、あっているかどうか視線を向けてくるので頷《うなず》いてみせる。

まあ、薬体草はどれだけあっても問題は無い。

ただその分水や擦る時間、魔力の量が変わるだけだからな。

「それでお水は……っと……あ、先に薬体草からエキスを搾りだしてからの方が良いですか？」

「そうだな。俺はそうしてるかな。水も一気に入れるんじゃなくて、徐々に徐々に入れて行った方が馴染《なじ》みが良いと俺は思ってるよ」

「はい！　分かりました！」

良いお返事でそのままポーション作りを続けていき、最後に魔力を注いでいく際も確認をしてきたので答えてあげると、無事回復ポーション（小）が出来上がった。

「本当に出来た……ではこの教科書のやり方は一体何だったのでしょうか……」

「多分、それを書いた人はそのやり方が一番成功率が高かったんじゃないか？」

恐らく自分の中でポーションを作る際はこうと決めていたのだろう。

実際間違っていると言い切れるものは書いておらず、そのやり方でもポーションは作れるからなあ。

とはいえ、薬体草の状態によっては決まったやり方では成功しないだろう……。

もしかして、ポーションの成功率が安定しないのって皆過去の錬金術師が記したレシピ通りに行っているからなのだろうか？

「ああ……つまり私はこのやり方を固持していたから成功率が上がらなかったという事ですか……」

「まあ無駄ではなかったとは思うぞ？　回数をこなしているおかげか薬体草のエキスの搾りだし方は良かったし、チェスちゃんの丁寧な仕事ぶりが見て取れたよ」

「そ、そうですか……？　えへへ。もっとこのやり方で試してみます！」

「私も、もっと安定して作れるように頑張らないと……」

「えへへ。待っててくれても良いんですよミゼラ？」

「嫌よ。チェスの事だからすぐに追いついてきそうだもの」

と、二人して仲良くしながらポーション作りへと集中し始めてしまったので大分手持無沙汰になってしまった。

エリオダルトの方に顔を向けてみるが、完全にこっちの話は耳に入っていない程に集中しているようだ。

そんな時、エリオダルトが今まで書いていた紙を後方へと放り投げるとそれがなんと俺の前に落ちたではないか。

幸いな事に紙は表側を下として裏側のままではあるのだが……んんー……何を作ろうとしているのか気になるなあ。

いやでも、流石に覗《のぞ》き見るのはいけないだろう。

錬金術師にとってレシピや知識は財産だ。

いくら友人とはいえ、そのラインは弁《わきま》えている。……のだが、気にはなるんだよなあ。

「……気になりますか？」

「え？　ああまあ、そりゃあエリオダルトがあれだけ集中しているものだからな。あの天才が何を作るのか……ってのが気にならない訳はないよな」

「ふふふ。それを見ても構いませんよ」

「いや、流石にそれはまずいだろう。これはエリオダルトの研究の途中経過だろう？」

エリオダルト程の天才が何を作り、何に悩んでいるのか……もしかしたら俺が見ても何も理解出来ない代物かもしれないが、そうでない可能性もある。

悪いが、知的好奇心を優先して友情を壊す真似《まね》はしたくない。

だから例えチェスちゃんの許可があろうとも、今目の前にあるものを手に取る訳にはいかないのだ。

「大丈夫です。それも師匠の許可はいただいていますから。師匠曰《いわ》く『チェスの事をお願いするのデェスから、それくらいマイフレンドならば構わないデェス！　ただし、集中している時は質問は受け付けられませェェェン！』だそうですよ」

「ええ……良いのかよ」

「良いみたいです。余程信用され気に入られているようですね。弟子として嫉妬してしまいそうです」

「……それじゃあ、遠慮なく見させてもらうか」

そこまで気に入られている事に若干驚きつつも、僅かばかりの嬉《うれ》しさと好奇心を胸に紙を拾い上げる。

ここに、エリオダルトが作ろうとしている物が書かれている訳か……。

胸の内はエリオダルトが作るものへのワクワク感でいっぱいになっている。

極上の料理を目の前にしたかのように、思わず口元が緩くなっていくのを感じざるを得ない。

「はいどうぞ。ただ、私は見ていても何を作ろうとしているのか分かりませんでした」

「ほーう……じゃあ俺も分からないかもな。どれどれ……」

ぺらりと紙を返すと、そこには絵と文字がびっしりと書かれていた。

「え……」

ざわっと腕に鳥肌が立つかのような衝撃。

まず目を引く大きく描かれた絵。

正面と側面の二通りで描かれており、それは俺が元の世界で見たことがあるものにとても酷似しているものであった。

その絵に書きこまれている数値を見て、規模が大きい物であることは間違いない。

つまり、コレをこの世界で作ろうという事か？

だが待て。この世界には元の世界と大きく違う点、魔物がいるのだ。

その問題をどうやって……あ！　地龍の素材か！

うわ、なるほど……すっげえなあ……。

「ははは。これはまた……流石はエリオダルトと言うしかねえなあ……」

スケールの大きさと、この発想力に思わず笑いが込み上げてきてしまう。

いや、ああ、すげえよ。俺は元の世界でコレの存在を知っているのに、思いつきもしなかった。

「お判《わか》りになられるのですか？」

「ああ。とは言っても、元の世界で近しいものがあったからってだけだけど……凄いなあ。革命的って言葉は、エリオダルトの為にあるものだろう」

「とても大規模なものだとは分かったのですが、それほど凄い物なのですか?」

「ああ間違いなくとんでもない物が出来るよ。いやあ、良いもの見せてもらったわ。その分、チェスちゃんのポーション作りはしっかり教えさせてもらうよ」

俺もエリオダルトが今行っているものの完成が見たいからな。

そのためにはチェスちゃんの面倒くらい軽く見てやるともさ。

だからチェスちゃんも、その分エリオダルトのサポートをよろしく頼むぞ。

「さあ、失敗作を使ったポーションの使い方も教えていくぞ。教科書に載っていないって事は、完全にまた別の方法だからこれも覚えておいて損はないからな」

「は、はい! よろしくお願いします!」

この後も数時間にわたってみっちりとポーション作りを続け、二人のMPが少なくなったタイミングで休憩を取る事に。

二人ともよく頑張ったので、ご褒美としてデザートを提供してあげる。

後半は結構スパルタでどんどん作ってもらったからな。

飴《あめ》と鞭《むち》。大事だと思います。

「はふう……充実感が凄いです。そして甘いお菓子で心が満たされますぅ……はむ!」

「確かに、普段よりも師匠が見てくれているから張り切っちゃったわね。少し疲れたけど……このお菓子可愛《かわい》いわね。シュークリームのようだけど、小さくってぱりっとして様々な甘さがあって美味《おい》しいわ」

今回のお菓子はプチシューを積み上げて上から飴をかけてコーティングしたクロカンブッシュ。高く積まれた上に、クリームと果実も添えてあるので豪華に見える事だろう。

表面が固まった飴でぱりっとしつつ、中からは濃厚な卵を使ったカスタードとホイップクリームのダブルクリームがとろっと出て来るようになっていて、一口サイズなので食べやすい出来だ。

「二人共結構頑張ったからな。遠慮なく食べてくれよな」

「とても美味しいですぅ。特にこのクリーム？　が！　初めて食べましたけど、感動しました！」

「はっはっは。それは錬金を使って作ったものなんだぞ」

「え、錬金を料理に活用したんですか⁉」

「ああ。錬金の基本は分解、合成、再構成。だろう？　食材から成分を分解させて再構成すると、色々料理に活用できるんだよ」

「はぁー……お料理上手なんですね。そう言えば、ふわふわのお菓子も作ってましたね！」

「わたあめな。あれは熱で溶かした砂糖を遠心力で飛ばして冷やして固形化させたってだけだけどね。それに、元の世界にあったものだし、俺のアイディアって訳じゃあないよ」

というか、俺が褒められるのって基本的に元の世界の知識や見覚えがあるからだしなあ。

だからあまり褒められても素直には嬉しいとは思えないというか、作ったもの自体を気に入られるのは嬉しいんだけどな。

「ご謙遜を。流れ人の世界とこちらの文化はだいぶ異なると聞いています。魔石もなく、魔力も無い世界で作られたものを、こちらの世界でも再現できるというのは十分に凄い事だと思いますよ」

「……でも、やっぱり完成形を知っているっていうのは――」

「旦那様だけの強み、って事で良いんじゃない。それに、ポーションを必ず作れるだけでも十分旦那様は凄いのよ」

「そうですよー！　今回教え方もとても上手で私の身になっているととても実感が出来ました！　丁寧な物言いでアドバイスも適切で、お手本もお見事でしたよ！」

「……ありがとう。でもそれはミゼラもチェスちゃんも学ぶ姿勢が備わっていたからだよ」

覚えよう、成長しようという気持ちがあるからこそ自分の身になるものだ。

二人が真摯に錬金の腕を上げたいと思っているからこその成果なのだ。

だから俺が凄いというよりも、二人の熱意が凄いのだと俺は思うよ。

「……本当に、偉ぶらないですし立派な方ですねえ。ミゼラは自慢のお師匠ですね」

「そうね。自慢の師匠ではあるわね。でも、チェスの師匠だって――」

「その通りデェェェス！　マイフレンドは私のマイフレンドデェェスからねえ！」

「「！！？」」

エリオダルト!?　何時の間に……っ!?

「Ｏｈ！　このお菓子はとても美味しいデェェェスねえ！」

俺達の驚いた様子など気にもせずにクロカンブッシュを食べて行くエリオダルト。

頬にクリームを付けていてそれに気づいていないようだが、拭きとってはあげないぞ。

「師匠!? まさか、お菓子の為に仕事を中断したんですか!? お菓子があれば気づいてくれるのならこれから毎回ご用意しておきますよ!?」

やはり頭を使ったから糖分が欲しくなったのか?

お菓子の魔力はエリオダルトの集中力をも超えるという事なのか!?

「違いマァァスよぉ。一段落したので、休憩しているのデェェス」

「一段落……つまり、あの設計図が完成したのか?」

「Oh! マイフレンドも見てくれたのデェェスねぇ! その通りデェェェス! 設計図が完成しましタァ! 後は……くみ上げるだけデェェス!」

「おおおお!」

まじか! 本当に、アレがこの世界に誕生するのか……っ!

元の世界でも実物を見る機会自体は多くはなかったが、殆《ほとん》どの人がその存在を知っているだろう。

勿論元の世界のものとは構造等違う事の方が多いだろう。

だが、機能的には間違いなくアレで間違いが無いはずだ。

だがしかしこの世界には魔物がいる。

そんな中では不可能だと思えたが、エリオダルトはアレを実現させられる設計図を描き上げたという……革新的……前代未聞だろう。

世紀の大発明と呼ばれる事は間違いなく、歴史に偉業として刻まれるに違いない。

「アレが空に……」

アレ、それは人を乗せ空を優雅に飛ぶもの。

この世界にはまずない、人類の夢。

「その通りデェェエス！　空に……船を飛ばしマァァアス！」

そう。エリオダルトは魔物が跋扈《ばっこ》するこの世界の空に、飛行船を作って飛ばそうとしているのであった。

「船……って、海の上に浮かべるものよね？　それを空に飛ばすの……？」

「その通りデェェエェエス！」

飛行船。その名の通り飛行する船。

元の世界では確かヘリウムガスなどを使っていたはずだが、この世界には魔石や魔道具があるからそれを使って空を飛ぶのだろう。

「ちょ、ちょっと待ってください師匠！　空を飛ぶ魔道具は今まで多くの錬金術師が挑戦し研究してきた題材ですが、魔物に対しての対策が取れず無謀だと言われているんですが……」

「その問題は、マイフレンドが持ってきてくれた地龍の素材で解決済みデェェエェエス！」

「ああ、やっぱりそうなるのか」

「地龍の素材をふんだんに使い、龍の気配を持たせれば魔物は近寄ってこれまセェェエン！」

この前俺が渡した地龍の素材をふんだんに使う事で、龍の気配を感じた魔物は近寄ってこなくなる。

魔物としても普段見る事のない巨大な物が空を飛んでおり、そこから龍の気配がするのならばわざわざ近づく訳もないという……。

俺は地龍の素材を性能でしか見る事が出来なかったが、まさかこんな使い方を考えるとは流石はエリオダルトだよ。

……飛行船、出来たら乗せてもらえないかな？

元の世界でも飛行機は乗った事はあっても飛行船って乗った事なかったんだよね。

俺、とても興味があります。

ちょっとここはお友達価格ならぬ、お友達待遇としてお願い出来ないだろうか？

エリオダルトにお願いすれば……行ける気がする。

いやだが、飛行船クラスの発明となると王族へのお披露目などもあり、下手をすると王家が買い取る事になってエリオダルトの物にならないかもしれないか。

んんー……そうなるとアイリスに頼まなくてはいけないか？　いや、そもそもアイリスとて自由に乗れるかは分からないか……。

「さて……休憩も終わりにして、船作りを開始したいと思いマァァァァス！」

おお……エリオダルトが納得した設計図も出来たことだし、完成までそこまで遠くは無いだろう。

集中しすぎて体調など心配ではあるが、その辺りはチェスちゃんがきっと頑張らざるを得ないんだろうなあ……苦労を労《ねぎら》いにたまにお菓子を届けよう。

まあ、乗る事は難しいかもしれないが完成するのを楽しみにさせてもらおう。

「師匠。駄目ですよ？」

「「え？」」

まさかの一言がチェスちゃんから出た事により、俺とエリオダルトが声を揃《そろ》えて驚いてしまう。

えっと……チェスちゃん？　これからエリオダルトは今まさに世紀の大発明に取り掛かる予定なのだけど、駄目っていうのは……あ、もしかしてエリオダルトの身体《からだ》を労わって今日は休めという優しさからという事かな？

「何故《なぜ》ですかチェェェェス！　体力的には何の問題もないデェェェェスよ！」

「そうじゃありません」

あれ？　エリオダルトの体調を心配して言ったわけではないのか？

ならばなぜだ！　どうしてエリオダルトの大発明を止めようというのだね！

「……二人共、無言で詰め寄るからチェスが怖がっているでしょう。それに、チェスが理不尽な事を言う訳ないのだから最後まで話を聞きなさいな」

はっ！　いつの間にかじりじりと男二人が詰め寄ってしまい気付いたら壁際まで……！　目の前には少し怯《おび》えたチェスちゃんがいて……ごめんなさい！

「ふう……それでは、駄目な理由をご説明いたします。別に作る事が駄目だとは言いません。空を飛ぶ船……まさしく世紀の大発明であり、弟子である私も鼻高々であり、精いっぱいサポートさせていただきたいと思っています」

それなら……と、口を開きそうになったがミゼラの視線によって口を噤《つぐ》む。

「ですが！　師匠。別件のお仕事が入っているのをお忘れですか？」

「お仕事デェェスか？　そんなもの後回しにしてしまえば――」

「後ろに回しに回して回し続けているんですよ……。これ以上は流石に無理です」

回しに回して回し続けてって……そんなに後ろに回したの？

それは無理そうだなあ。

「Ｏｈ……。私以外では駄目なのデェェェスか？」

「条件が錬金レベル９の錬金術師なんです。エルサス学園からの授業代行の依頼ですからね。貴族の子達がお相手ですので、中途半端な錬金術師では貴族に近づこうとする恐れがありますし、身分を証明できる高位の錬金術師でなければいけません」

「それならば、私が身分を保証して他の錬金術師に――」

「師匠……王都の錬金術師にお知り合いいいましたっけ？」

「…………いないデェェス」

珍しくしょぼんとして肩を落とすエリオダルト……。

俺もアインズヘイルじゃあレインリヒとリートさんを除けば他の錬金術師って知らないんだよなあ。

「そもそもレベル９の錬金術師は国内にもごく少数しかいませんよ。その方々が急遽《きゆうきよ》の依頼に応えてくれるとは思えません」

「それはそうデェェェスが……そんな事に時間を割《さ》くよりも、自分の研究をしていたいデェェス！」

「お気持ちは分かりますがかなり待っていただいていたお仕事なので、今更お断りする事も出来ません。それに、学園側としても早めに手を打ちたいそうですし……」

「自分で言うのも何ですが私は教えるのが上手くありませェェェン！　行くだけ無駄だと思いマァァス」

「それは知っていますしお伝えしています。師匠は教えるというよりは見て盗めというタイプですからね。学生レベルでは理解は難しいとは思いますが……」

「無駄だと分かっていてやりたくないデェェェス！　そんな事の為に時間を浪費したくありませェェェン。せっかくのやる気に水を差されてはやる気が削《そ》がれてしまいマァァス」

おっと、それは困るなあ。

エリオダルトには是非とも飛行船を作り上げて欲しい。

完成品を見たいと俺も願っているのだ。

「仕方ありませんよ。錬金のレベルが9で手が空いていて、貴族のご令嬢にすり寄る可能性が無く、身分を証明できる方なんておいそれといませんからね」

そうだよなあ……そんな都合の良い相手が見つかるかどうかだよなあ。

せめて、せめてエリオダルトが飛行船を作った後などにずらせないのかな？

その後は絶対！って約束したらどうにかならないだろうか……。

「ねえ」

「っ！　すみませんミゼラ。このような仕事の話をお二方の前で……」

「それは良いんだけど、いるじゃない。適任が」

「へ？　どなたかいらっしゃるんですか!?」

「どなたかも何も……錬金レベル9の錬金術師が私の師匠なんだけど？」

はっとして、俺の方へと視線を向けるエリオダルトとチェスちゃん。

俺自身もそういえばそうかと思ったが、まず前提条件で駄目だから考えてなかったな。

「俺は駄目だろう。一般庶民だし……」

えっとなミゼラ？　身元が保証できていないと駄目なんだぞ？

エリオダルトはこう見えて隼人と同じ伯爵だからな？

確かに俺の錬金レベルは9で暇かと言われれば暇に出来はするけれど、学園からしたらどこの馬の骨とも分からない俺に生徒を任せる事など出来ないだろう。

「でも、貴族にすり寄りたい訳ないわよね？」

「当然。絶対に面倒くさい」

「それなら旦那様が適任じゃない。身元の証明なら、王国筆頭の錬金術師と王国の英雄。それで足りないのなら、王族であるアイリス様もいるのだし、問題はないんじゃない？」

……そう言われると確かに条件的には問題はなさそうな……だがはっきりと包み隠さず正直に申し上げるのならば面倒くさい。

貴族の子に錬金を教える？　うわあ、やりたくなーい。

よし。条件はあっているけど申し訳ないがここはきっちり断って――。

「マイフレェェエンド！　もし代わってくれるならば、空飛ぶ船が完成後に空の旅にご招待しマァァァス！　恐らく、完成後は国に買い取られるので、乗るとしたら試乗時しかタイミングはありまセェェエン！」

「………仕方ないなあ！」

まさかの交換条件が提示された！

やはりエリオダルトもあれだけの大型の魔道具を作ってしまえば国に買い取られると思っていたのだな。

まあ、保管場所などに困るだろうから、エリオダルトとしては完成させることにこそ意味があるのかもしれないし、エリオダルトは完成した後は次の研究に没頭する男だろう。

そして、そんな飛行船に乗せてもらえるチャンスはこれを逃したらほぼないだろう。

で、あれば……多少面倒くさそうでも受けざるを得ないよなあ。

「ほ、本当ですか？　確かに教え方も上手で分かりやすかったですし、とても助かりますが……！」

「エリオダルトの空飛ぶ船は世界を揺るがす大研究だ。その研究に水を差す訳にはいかないだろう？」

「マイフレェェエンド……」

嘘《うそ》はついていない。

仕事を引き受けたきっかけは船に乗せてもらえることだが、鉄は熱いうちに打てというか、やる気がある時にやらねば最高のパフォーマンスは発揮できないものなのだ。

うん。クリエイターはモチベーションが大事なのだ！

「空飛ぶ船……楽しみにしてるぞ！」

「勿論デェェェェス！　マイフレンドの期待に応える最高の船を作り上げマァァァス！」

鉄はより熱くなったと感じつつ、一番の理由は空を飛ぶ船に乗る事だがわざわざ冷ます必要はない。

「ありがとうございます！　手続きはこちらで進めておきますし、報酬もきちんとお支払いいたしますので！　本当に助かります！　それでその、お仕事の内容と教える生徒達の事なのですが……」

と、チェスちゃんから仕事内容を聞いたわけなんだが……なるほど。

これはまた空を飛ぶ船に乗るためとはいえ、骨が折れそうな内容だな。

帰り道、たまたまアイリスに会い学園に行くことになったというと、楽しそうにケラケラと笑い、暇があればわらわが顔を出してやると余計な事を言ってくれたのだった。

第二章　王都立エルサス学園

〈I wish〉

久しぶりにスーツを身に纏《まと》い、ネクタイをきちっと締めて緊張しつつやってきたのは王都にある学園。

『王都立エルサス学園』

建物は古く随分と歴史を感じさせる学園なのだが、手入れがきちんとされていて清潔感があり何も聞かされていなければ宮殿と勘違いしてもおかしくはない建物だ。

王国中の貴族の子と受験を経て合格した庶民の子が、より良い育成環境で高みを目指して集まるというエリートの育成の場として伝統と歴史のある学園だそうだ。

『貴族科』に所属する貴族の子は皆、次世代の爵位を継ぐ長男やその妻となる女生徒が所属しており、別棟でマナーや領地経営やこの国の歴史、政治についての勉強をしているらしい。

出会いの場……ではなく既に婚約者がいる子達《たち》ばかりの社交の場であるそうだ。

で、それ以外の貴族の子達や受験を乗り越えた庶民などの子達は自分の力で生きていくために『騎士科』『魔法科』『冒険科』『商業科』等で学ぶそうだ。

家を継げぬのであれば騎士になり国に仕えようと志す貴族の子が多く、次いで魔法の才があれば魔法科へと進む子が多いらしい。

一発逆転や自由を求めて縛られたくないものは冒険科を選び、恐らくもっとも安全で無難であると俺が思う商業家は、戦闘に自信がないものや頭が良いものが所属するのだろう。

更には政《まつりごと》を学ぶ『政治科』というものもあり、この学園を卒業後は国に召し抱えられる者が多くいるという事だ。

つまり、この学園は王国の未来を担う養成施設という事か。

そして、『錬金科』や『鍛冶科《かじ》』などその他様々な科があるそうだが、それらは人気の科よりも圧倒的に人が少ないらしい。

とはいえ、育てる必要が無いわけではないので錬金の才能を見出《みいだ》されたものが所属しているとの事。


で、だ。今おれは、『第二錬金科』と呼ばれる教室へと足を運んでいるのだが……足が重い。

まだ廊下にいるのにキャッキャと騒がしい声が既に聞こえているんだよ。

冒険科や騎士科は受験を勝ち抜いた庶民も貴族の子も合同で授業を受けているらしい。

諍《いさか》いがないのかと驚いたが、意外な事に平和に皆切磋《せつさ》琢磨《たくま》しているそうだ。

トラブルは勿論《もちろん》無いわけではないが、差別的な事はなく普通の子供らしいトラブルなんだと。

だが、この第二錬金科は貴族の子だけで構成されているとチェスちゃんからは聞いている。

うーん……学園の理念として貴族だ平民だは関係ないとも聞いたんだがな。

門をくぐった時点で貴族としての立場を利用すること、または学園で起きた諍いを外に持ち出すことも禁じているそうだ。

この学園が設立された当初からの定めであり、それればかりは王族どころか王様であっても変えることは出来ないとのこと。

なんでも、帝国の学園が貴族中心のものにしたところ人材不足が著しくなったので、その同じ轍《てつ》を踏まないようにと決めたんだそうだ。

まあ、近場で失敗例があるのに、同じ過ちをする程愚かではなかったのだろう。

それなのに、貴族の子だけが集められた第二錬金科ねえ……。

不安を覚えながらも、付き添いの先生の後に続いて扉をあけるとより一層の騒がしい声に圧倒されてしまった。

「ねえねえー！　大聖堂の近くに出来たお菓子屋さん知ってるー？　凄《すご》く美味《おい》しかったよー」

「知ってますわよ。あそこのお店はメイラさんからお聞きしてましたもの」

「そうなの？　へえ。メイラさんが関わっているなら今度行ってみようかしら」

「あのあの！　メイラさんが関わっているネギンのお店が――」

「皆さん。席についてください。本日は予定していた臨時の――ほら。早く自分の席に戻りなさい！　授業に邪魔なものはしまうように！　こ、こら！　ネギーナ。女の子がスカートで足を開くものではありませんよ！」

一緒に入ってくれた先生が事前に説明してくれた通りだなあ。

んんー……若い。若さが迸《ほとばし》ってるなあ……。

生徒数は10名。全員が女生徒で貴族の三女や四女のご令嬢達だそうだ。

女3人寄れば姦《かしま》しいと言うが、10人も集まればそりゃあ騒いでますわな。

「はあ……はあ……よろしい。それでは先生よろしくお願いします」

「あー……はい。頑張ります」

なんとか騒いでいた生徒達を静めたものの、既に疲れたのか息を荒くする錬金の先生。

最初は庶民である俺を訝《いぶか》し気《げ》な視線で見ていたのだが、俺の錬金レベルと俺を保証している人達の名前を知ってあっという間に信用してくれた。

……まあ、保証したのが依頼したエリオダルトは当然として、事情を知った隼人《ハヤト》と俺が隼人の家から出る際に待ち構えていたアイリスの名前まであるからなあ……。

王国筆頭錬金術師に英雄、そして王族までもが保証しているのだから当然と言えば当然か。

しかし、厳格で厳しそうで真面目な見た目のこの先生でも手に負えないのか……。

「お任せ致しました。私は第一錬金科の方で授業をしていますので、何かあればいつでも来てくださいね」

と、教室を後にして行ってしまい、一人残される俺。

第一錬金科は庶民からの入学が多く真面目に授業を受けている生徒が多いらしい。

先生は錬金レベルが7の元貴族の先生であり、この学園唯一の錬金科の先生だそうだ。

普段は2つの教室を行き来して、片方を自習にしているそうだが……自習になるのは進み具合からどうしてもこちらに偏ってしまうらしい。

教師数が足りてねえんですねえ……。

まあ、人に教えられる程レベルの高い錬金術師って、基本的に自分が研究したいものが優先だろうしなあ。

ちらっと、生徒達の方に視線を向けると残された俺に興味があるのかひそひそと話しつつも一応静かにしたまま待ってくれている。

さて……エリオダルトからも先ほどの先生からも俺のやり方でお任せしますと言われているが……。

「あー……連絡は来ていると思うが、エリオダルトの代わりに『第二錬金科』の皆に錬金スキルを教える事になった忍宮一樹《シノミヤイツキ》だ。まあなんだ。エリオダルトが来ると聞いていたのに急遽《きゅうきょ》変更になって悪いがよろしく頼む」

俺が自己紹介を終えると、まばらではない拍手が頂けた。

どうやら危惧していたお呼びでないムードではないようで一安心。

……むしろ、どちらかと言えば歓迎されている感じだと思うのは俺のうぬぼれか？

「せーんせー。あんまり肩肘張らなくていいよー。気楽にいこー」

「そうそう～。エリオダルト様が来ても私達には勿体《もったい》ないからさ～。むしろ、お忙しいエリオダルト様の時間を浪費したら申し訳ないくらいだったよ～。あ、だからって～せんせなら良いって訳でもないよ～？　ありがたいよ～」

間延びした声で話す年相応ながらも可愛《かわい》らしい見た目そっくりのサイドテールの双子の生徒。

えっと名簿に……ああ、あったあった。

初めに話した方がおっぱいで姉のラズ・ベルセン。

後に話した方がちっぱいで妹のクラン・ベルセン。

ベルセン侯爵家のご令嬢だそうだ。

侯爵家って……爵位がかなり上の方だよな？

それこそ、隼人やエリオダルトの伯爵家よりも上だった気が……。

いかんいかん。誰がどこの貴族とか気にしたら授業なんかできないから、あくまでも生徒として意識しないと……。

しかし、よく似てるなあ……。双子……か。

ここに来なければ一生関わり合いのなさそうな貴族のご令嬢である双子がフレンドリーに俺に話しかけ、一番前の席で仲が良さそうに体を寄せて隣同士で座り、若々しいオーラがダブルで相乗効果をもたらして放たれているかの如《ごと》く眩《まぶ》しい……。

他の生徒も同じ様なことを考えていたらしく、うんうんと頷《うなず》いており、どうやら気を使われたというわけではなさそうだ。

「あー……それじゃあ早速授業を――」

「待って待ってー！　せんせーそんなに焦らなくても良いんじゃないかな？」

「そ〜そ〜。まずはお互いを知る方が大切だと思うんだよ〜」

と、もっともらしい事を言っているが瞳が好奇心を止められないと物語っている。

まあ、エリオダルトが来るはずだったのに全く無名の知らない男が臨時教師として来たらそりゃ好奇心もくすぐられるか。

その上全く無名の平民な男をエリオダルトに隼人、そして面白半分のアイリスにまで保証されているのは伝わっているみたいだし……。

「そう……だな。肩肘張らなくていいみたいだし、この時間は授業はしないでそうするか」

と、確かに少しだけ緊張していたなと気を緩ませる。

教壇にあった椅子へと深く腰をかけて、「ふぅ」と、緊張を解くために息を吐かせてもらおう。

これからしばらく臨時の教師として勤めるのだから、生徒達と仲を深めていった方が今後やりやすいかもしれないしな。

「お、せんせーノリいいねー。臨時教師として来る人って堅苦しい人が多いからさー。せんせーは比較的若いし、ノリも固くなさそうだから分かってくれると思ったんだー」

「まあ先生っていうのはそういうもんだ。とはいえいつかそれがありがたいと感じる日も来るだろうさ。俺は臨時だし楽にしていいならそうさせてもらうよ」

「おお～。せんせくらいが私達には気を遣わなくていいからちょうどいいよね～」

と、気が抜けまくっているラズとクラン。

他の生徒達も同様で、一応視線はこちらを向いてはくれているものの近くの友人とこそこそと話しているのが窺《うかが》えている。

「さて、それじゃあ……お互いを分かり合うために質疑応答でもするか」

「いいねいいね～！　じゃあはいはいは～い！　せんせは恋人いますか～？」

初《しょ》っ端《ぱな》から定番の質問だな。

全員の瞳が興味津々で爛々《らんらん》となっているのだがそういう話が好きなお年頃ということだろう。

プライベートな事だが、お互いを知る為《ため》には腹を割る事も必要か。

「ああ。大切な人が6人いるぞ」

6!? と、一瞬ざわっとして前のめりになったな。

……この世界、一夫多妻制だろ？ 別に変ではない……よな？

「わー……予想外に誑《たら》しだったよー」

「6人～？ 6人って、すご～……一緒に住んでるの～？」

「ああ。一緒に住んでる」

こういう事は恥ずかしがらずにしっかりと言う事で、今後下手に茶化されたりせずに済む。

それに、隠したり恥ずかしそうにするのはウェンディ達に失礼だと思うしな。

少しざわっとなり、後ろの方に座っていた生徒が手を挙げたのでどうぞと促すと、貴族らしく美しい所作で立ち上がった。

「あの、失礼ですが先生は平民の方ですよね？ 6人も恋人がいて経済力は大丈夫なのですか？」

「ん？ まあそれなりに錬金で稼いでるからな」

「錬金で……やはり、ポーションよりもアクセサリーや魔道具でですか？」

「そうだな。アクセサリーや魔道具での収入が多いな。でも、冒険者ギルドにポーションは毎回卸してるから、アクセサリーだけって訳じゃないぞ」

最近だとポーションはミゼラのばかり売れるけどな……。

まあ、弟子に人気を取られてかわいそうだと、既婚者や馴染《なじ》みの連中は俺の方を買ってくれるんだけどさ。

「魔道具を作るとなると、やはりレベルは高いのでしょうね……」

「せんせーは錬金のレベルいくつなのー？」

「俺か？　俺は9だぞ」

「おお～！　せんせその若さで9なんだ～！」

「凄いんだねー！　実はエリオダルト様にも引けを取らない錬金術師とかー？」

「いやいや、エリオダルトは生粋の天才だろ……。足元にも及ばないよ」

レベルは9だしそれなりだとは思うんだが、流石《さすが》にエリオダルトと同一視されるのはなあ……。

「それでもその若さでレベル9なのは凄いよー！　私達皆レベル1だしねー」

「ね～。もうこの学園に入って2年になるのに全然レベル上がらないんだよね～……」

と、自虐的に笑ってはいるものの先ほどよりも少しトーンダウンしてしまった生徒達。

ラズやクラン以外も苦笑いを浮かべており、微妙な空気が漂ってしまった。

「ん……」

「っ！　そうだ！　せんせって流れ人なの～」

「あ、ああそうだよ」

暗い雰囲気を払拭するかのようにクランが質問を続けたので、俺も変な事は言わずに質問に答えよう。

今はまだ、親睦を深める時間と割り切った方がいいだろうしな。

「せんせー隼人卿《きょう》にも身元を保証されてたねー」

「まあ流れ人同士って事で仲良くさせてもらってるからな。本来なら家はアインズヘイルにあるんだが、学園に通う間は隼人の家を間借りさせて貰《もら》ってるんだ」

「そうなんだ～！　アインズヘイルからわざわざ来てくれたんだ～」

まあ、実際はアインズヘイルの家に帰っているけどな。

そういう設定にした方が怪しまれないという事で、隼人には許可を頂いているのだ。

……臨時講師を引き受けたと説明をした際、『イツキさんが先生……。良いなあ。僕も授業受けてみたいなあ』と、呟《つぶや》いた気がしたのだがきっと気のせいだろう。

お前が錬金科に来て何を学ぶつもりなのだろうか？

「あの……アイリス様にも保証されていましたよね？　どのようなご関係なのでしょうか」

「ああ、アイリスとはちょっと縁があってな」

本来ならばあいつの保証はいらなかったんだけどな……。

わざわざ隼人の家の前で待ち伏せをして、渡してくるとは……それに、帰り際に見せたにやりと悪巧みをするようなあの表情……何かしてくるんじゃないかと思ってしまう。

「呼び捨てー……!?」

「お、王族だよ～？　不敬になっちゃうよ～？」

「大丈夫大丈夫。許可は貰っているからな」

不敬だ！　とか言われても、バニルアイス一つでご機嫌になるよきっと。

でもそうか。アイスに目が無いお子様扱いしていたが、一応王族だもんな。

他人の前では一応敬った方が……いや、なんかあいつに笑われそうだから別にいいか。

「王族を呼び捨てにしていい許可って……せんせ、何者～？」

「一体どのようなご関係なのでしょうか……」

「ただの一般庶民だよ」

「そんな一般庶民いないよー……」

いるよ？　ほら目の前に。ここにいますよー。

「英雄の隼人様に王族のアイリス様……さらには筆頭錬金術師のエリオダルト様とまで親しい仲だなんて……実は凄い方？」

「だから凄くないって。ただの普通の錬金術師だって……っと、そろそろ授業終わりか。それじゃあ休憩にしようか」

と、この時間の授業は雑談ばかりをしてお終《しま》い。

だが、休み時間になっても質問は止まらず……というか、距離感が近いなおい。

おお、女学生の若さと貴族のご令嬢だからか良い匂いが圧となって……ぐいぐいこないでくれー。

学生たちの若いオーラはわしには眩しすぎる……。

「ほら。鐘が鳴ったぞ。席着けー」

「えぇーもっとお話ししようよー。そうだー。次の授業もお話にするべきだよー」

「そういう訳にもいかないだろ？　ほら、早く席に着いてポーション作りの準備をしてくれよ」

「ええ～……あ、ラズのおっぱいのサイズ教えてあげるよ～？　年の割に大きいんだよ～」

「ば、馬鹿な事を言うんじゃないよー！　クランのお尻のサイズなら教えてあげてもいいよー！」

「どっちも分かってるから大丈夫だ」

教えて貰わなくても教室に入ってお前達を見た瞬間に知ってるよ。

「「え？」」

「ほれ、皆は席についたんだからお前らも戻れって」

「今の話が気になって授業どころじゃないんだよー!?」

「なんでサイズが分かってるの～!?　名簿に書いてあるの～!?」

それについては黙秘させてもらう。

見ただけでサイズが分かると聞いたら、ドン引きするだろう？

まだ友好関係が摑《つか》み切れていないというのに、ドン引きされたらきっと取り戻せないからスルーだ。

「それじゃあポーション作りから教えようと思うんだが、皆の実力を把握するためにテストをしたいと思う」

『……』

えっと……全員が一瞬でしーんとしたんだが……どうした？　俺の後ろにヤバい人でもいるのか？

数人がそれぞれの顔色を伺いながら最終的にラズとクランへと視線が集まると、その二人が恐る恐る手を挙げた。

「せ、せんせー……あのね」

「ちょっと……その……私達実は、そんなにポーションを作るのは得意じゃないんだよ〜……」

「ん……？　そうであってもお前らの実力を知らないと授業ができないしな……。とりあえず回復ポーション（小）を10本挑戦して、何本出来るかのテストをして欲しい。結果は気にしなくていいから、時間をたっぷり使って真剣にやってくれ。それじゃあ用意始め」

パンッと手を打ち鳴らしてスタートの合図をすると、皆渋々ながらポーションを作り始めていく。

ラズとクランは不安そうな眼差《まなざ》しをしていたものの、すぐに真剣にポーション作りを始めてくれたのだが……やはり皆チェスちゃん同様に教科書を読みながらなんだな。

もはやこのスタイルが王都スタンダードという事か……。

で、10本試験が終わった訳なんだが……。

「1本が3人、0本が7人か」

俺が結果を言葉にすると、目に見えてズーンと落ち込んでいる生徒達。

さっきの質疑応答の時と比べ物にならないくらい空気が重いんだが……。

「なるほどな」

現状かなり厳しい状況ではある。と。

学園に入って2年間経過したのに錬金のレベルが1というのはこう言うことか。

俺が今回チェスちゃんから聞いている仕事内容は、この子達を卒業条件が満たせるようにすること。

その卒業条件とは
・錬金のレベルを4にする。
・ポーションの成功確率を4割以上にする。
・卒業資格に見合う成果をあげる。

このどれか一つでも満たせばいいそうなので、そこまで難しくないんじゃないかとは思ったんだが……。

まあわざわざエリオダルトに頼むという事は、それ相応の理由があるとは思っていたのだが、実際に見てみると納得は出来た。

ただ、エリオダルトは自分でも言っていたが教えるのは上手《うま》くない。

とはいえ、あの天才の授業ともなれば何かしらのきっかけにはなるかもしれないと考えるのもおかしくないか。

「せんせー……？」

「せんせ……？」

「ん？」

おっと、少し考え事に没頭してしまったな。

んん？　なんでさっきよりも恐る恐ると言った感じなんだよ……。

「ごめんねー……全然出来なくてー……」

「せんせの貴重な時間を割《さ》いて教えて貰うのに、ダメダメでごめんね～……」

「いや、謝る必要はないぞ？　というか、錬金が上手くできないっていうのは聞いてたからな」

チェスちゃんから事前に生徒の情報は聞いていたのだ。

だから結果を聞いてもそこまでの驚きは無かったというのが正直なところ。

「でもでもーここまで出来ないとは思ってなかったでしょー？」

「それはまあそうだけど……」

二年間は学園に所属しているのだから、流石に10本試験で1割くらいは大丈夫だろうと思ってはいた。

とはいえ、あのやり方じゃなあ……。

「あのね～今までの臨時のせんせも皆そうだったんだ～……」

「事前にダメダメって聞いてはいたけど、ここまでダメダメだって思ってなかったって呆《あき》れられて……教科書通りやるだけだろうーって……」

「こんなんじゃ卒業なんて出来っこないってー……」

「こんなんじゃ誰が教えても変わらないって～……」

「あーだからそんな怯《おび》える小動物みたいになってるのか……」

いやそもそもやり方が悪いんだからそれに対して呆れるなんてのはどうなんだ？

ああ、その臨時教師もそのやり方でたまたまとはいえある程度出来てしまっているという事か……。

　下手すると第一錬金科の先生が学生の時代からこのやり方が正しいと思われていたとか……？

　誰が悪いかと問われると色々だなあ……こんな方法を広めた王都の錬金ギルドは当然悪いし、出来ないからと怒るその臨時教師も悪いだろう。

　だが、少なくとも出来ないだけの生徒達が悪いという事は無い。

　それに……チェスちゃんからもう一つ聞いている事があるのだ。

『あのあの、努力の成果が出ていないだけでやる気はあるようです。……先生からのご説明ですと自習中は真面目に取り組んでいるそうですし、放課後なども残って自習をする日も多々あるそうで……。先生からもどうにかしてあげたいとご相談をされまして、だから……報われるようになって欲しいです……』と。

　チェスちゃんも良い子だよなあ。

　恐らく関係性はない相手であろうこいつらの為に、エリオダルトにお願いしたのだろう。

　じゃないとあの研究命のエリオダルトが教師役の仕事を引き受けるとは思えない。

　タイミングやら時期やらはエリオダルトに任せるという引き具合だったのだろうな。

　まあたまたまエリオダルトにとっては物凄くタイミング悪い時になってしまい、俺が来てしまった訳なんだけどな……とはいえ、だ。

　引き受けた以上、完璧にこなしてみせないとエリオダルトに恥をかかせてしまいかねん。

「せんせー……？」

「せんせ……？」

しおらしくなっちゃってまあ……騒がしいのはあまり好きではないのだが、こいつらは明るく笑って騒がしい方が心地よいなと思ってしまう。

そういうかよわい態度は良くないぞ。俺に効くから。

効いたら俺、頑張りたくなっちゃうからさ。

この仕事を受けた時よりもずっと、心の中が熱くなってきたのを感じる。

「「わふ」」

最前列で不安そうな眼差しを向ける双子の頭の上に同時に手を乗せて撫《な》でる。

恐る恐る上目遣いで俺を見上げる二人を安心させるように優しく撫でた。

「そんな不安そうな顔をするなよ。今までの講師と俺は違うからな。お前ら全員、必ず俺が卒業出来るようにしてやる」

頑張っている子にはさ、良い事があって欲しいじゃない。

努力にはそれに伴う成果だって欲しいじゃないか。

人として当たり前の感情であり、願望だろう。

だが現実は上手くいかない事ばかりだ。すべての努力が報われるわけじゃあない何てことはもう大人の俺は分かっている。

「教科書を仕舞え。それはいらない」

だからといって、子供である生徒達に現実を突きつけるだけでは駄目だろう。

大人たるもの、教師たるもの、子供が望む道を正し導かねばならない。

「それでは、授業を始める」

ごちゃごちゃと頭の中で理屈を連ねたが、俺はこの子達に錬金を教えたいと心から思ったって事だな。

さて、授業を再開して卒業条件を満たすための事など考える事は多々あるがまずすべきことはポーションの作り方について正す事だろう。

「って事で、教科書通りにやる必要はない！」

チェスちゃんに見せたようになるべく少ない手順で俺がポーションを作ってみせると、生徒達は目を見開いて驚愕《きょうがく》の表情を浮かべていた。

「わああ……あっという間だったよー……」

「も、もう一回！　もう一回見せて欲しいよ～！」

「メモ、メモしないと！　え？　ええっ!?」

と、大パニック。

「教科書……いらなかったんですね……」

「んー基本的な手順は変わらないからいらないって事もないが……いや、口頭で説明できるくらいだからいらないな」

というか、本当に教科書通りを守り続けてきたんだな……。

たまにはほら、自分流に工夫をしてとか思わなかったのだろうか……？

「……ラズ？」

なんかぷるぷる震えているけどどうした……？

「んんーっ！　やっぱり良かったんだー！　むかつくよー！」

「ど、どうした!?」

ムキーッと両手を上げているが、それは怒りを表しているのか？

ぐるぐると両腕を回しているんだが、怒っているんだよな……？

もしかして俺がぱぱぱっとポーションを作ったから、馬鹿にされていると思ったのだろうか？

そんなつもりはなかったんだが……えっと。

「せんせ。あのね～前教科書通りにやっていたんだけど～このままじゃ駄目だな～ってラズは思って、ちょっと手を加えようとしたら臨時のせんせに『教科書通りに出来もしない癖にアレンジを加えるな！』って、怒られたんだよ～」

「……わあ」

なんだそいつ……なんだそいつ。

「試験の形式も教科書に則《のっと》って～って言われてたからね～」

それで先生の言うことだからと従って、きちんと教科書通りに進めていたという訳か……。

おいおい……そこで自分なりに工夫とかしていたら、もしかしたら今よりずっと出来ていたかもしれなかったんじゃないか？

先生が可能性を潰しちゃ駄目だろう……。

「せんせー！　自分なりにやっていいんだよねー！」

「あ、ああ。とりあえず今の時間はそれぞれ思うようにやってみてもらおうと思ってるぞ」

「ようし！　頑張るよー！」

「私も頑張ろ～」

と、それぞれ自分の席に……と思ったら、後ろの方に座っていた子達も前へと席を移して錬金をし始めた。

俺の仕事はその様子を見て回りつつ、質問があればそれに答え、気付いた事があれば口を出すといった具合である。

「うーん自分で考えてやるのも難しいよー……」

「ラズは擦る速度が速すぎるかな。それだと熱が加わって良くないぞ」

「でもでもせんせーは速かったよー？」

「俺は頻繁に水を少しずつ注いでたろ？　冷たい水で熱を抑えてたんだよ」

「おおーそっかー。じゃあそうやってみるよー」

納得したようで明るい笑顔を浮かべながら再度挑戦して見せるラズ。

他の生徒達も俺達の話を聞いていたのか、最後に水を一気に入れる教科書のやり方ではなく少しずつ足す方式を試してみているようだ。

「ぐわああ～……失敗だあ～……難しいよ～」

口を開けながら天を見上げて失敗報告をするクラン。

「んー……クラン。ちょっと手を借りるぞ」

「へ？　ふえええええ〜!?」

クランの手を借りて俺が薬体草を擦りつけてエキスを搾る。

「力を込めて薬体草を雑に擦れば良いって訳じゃないからな。薬体草の繊維を潰して、中のエキスを出しやすくするんだ。ほら。クランがしたよりもエキスが多く出ているだろう？」

「手、手ぇ……ほえ、ふわ、お、ひゃあぁ……しょ、しょですね〜……」

「で、水を足して……また擦りつける……。色合いは大体これくらいまで濃い緑色になっていれば大丈夫だ。で、最後は水で嵩《かさ》を増やしてから魔力を注いで……って、クラン？」

「ほわ!?　な、なに〜!?　せんせ!?」

「ほら、薬体草が沈殿して固まっちゃうから魔力魔力」

「っ！……魔力、これくらい〜？」

「もっと多い方が良いな。さっきの薬体草は内包魔力が少なめだったからそこを補う感じで……いいぞ。それくらいだ」

うんうん。十分な量だな。

これはきっと成功するだろう……と思っていると、緑色だった液体が薄い水色へと変化していったので、無事成功したみたいだな。

「ん……わあ。出来た！　出来たよ〜！　久しぶりに出来たよ〜！」

「よしよし。良くやったな。感覚としては今ので大丈夫だと思う。ただ、薬体草の状態によって魔力の量は変わるからそれは注意が必要だぞ」

「うん！　やってみるよ～！……じゃなくて！　いきなり女の子の手を掴んじゃいけないんだよ～！」

「いきなりって、借りるって言っただろ？」

「それは……そうだけど～！　ポーションも出来たけど～！　もぉ～……」

んんー？　成功したんだし、その感覚も分かっただろう？

なにやら不満そうに見える気がするんだが……ぶつぶつと何かを呟きながら新たにポーション作りへと挑戦しだしたから大丈夫か。

「せ、せんせー！　私も分からないんだよー……！」

「おう。それじゃあやってみようか」

隣にいるラズの前へと移動すると、先んじて手を伸ばされたのでそっと手を借り、クランにしたように実演をして見せる。

「どうだ？」

「う、うんー……なんか、ごつっとしててー……」

「いや……薬体草の状態を確認して欲しいんだが？」

「わあー！　う、うん！　分かるよー！　おおー私がやるよりもいっぱい出てるよー！」

「力の入れ具合や水を足す量なんかも覚えるんだぞ」

「う、うん……忘れないと思うよー……」

それなら良し、っと今回のラズのも成功だな。

俺の感覚ではあるんだが、成功例の一つとしての感覚を覚えるには悪くないだろう。

そこから自分なりにアレンジを加えても勿論良いと思うから、回数を重ねて体に覚えさせるといいと思う。

「せ、先生！　私達も……」

「ああ。全員やるか。それじゃあ順番にな」

と、この後生徒達全員の手を取りポーションを作った結果、全員が成功したので成功の感覚は感じられたと思う。

ただ、なんとなく視線が乳鉢の方へと向けられていなかった気がするのだが……気のせいだろうか。


俺が授業をし始めてから数日が経過し、とりあえずポーションの作り方は修正が出来たので一安心。

あれから毎時間ポーション作りを見ていたのだが、それぞれが工夫を凝らしつつ相談し合い、独自の感覚を身に付け始めたかなといった程度には成長した。

毎日行う10本試験も、全員が安定して1割以上の成功率を収める事が出来てきている。

このまま続けて行けばあと一年もあるし全員がポーションの成功率4割というのも夢ではないだ

ろう。

残りの臨時教師の期間はポーションの作り方を見守ってアドバイスをして行けば良い。

チェスちゃんから依頼を聞いた際は貴族の娘が相手という事で、骨が折れそうな仕事だと思っていたがそんな事は無かったな。

まあ当然生徒達のやる気次第ではあったのだが授業終了の鐘が鳴り、休憩時間となってもまだポーション作りを続けているのを見れば大丈夫だろうと思える。

次の授業も錬金なのだから休憩すればいいのに、楽しそうにポーション作りを続けていらっしゃいますなあ。

悪いが俺は教壇の椅子へと腰を下ろして休ませてもらっているけどな。

「あー！　また失敗したよー！」

「今のは理由が分かるよ～。魔力の量が少なすぎたんだよ～」

よくやる……とは思うが失敗しても笑いあって明るい様子なのは良い傾向だろう。

モチベーションが低くなるとパフォーマンスにも顕著に表れるからな。

「楽しそうだな」

「すっごく楽しいよ～！」

「まだまだダメダメだけど、前より成長出来ているのが分かって楽しいよー！」

と、嬉《うれ》しい笑顔を見せてくれる。

『錬金』スキルは俺にとっても馴染みの深いスキルなので、楽しいと思って貰えるのは嬉しい事だな。

「楽しいのは良いけど、今は休憩時間だからな？　この間にトイレとか行っておかないと、授業中に大変な事になるぞ？」

「なっ……！」

「お、お漏らしなんかしないよ～！」

「冗談だよ。でも、休む時間なんだから休んどけよ。魔力だって無限じゃないんだからな」

「「むう……はーい」」

良いお返事でちゃんと休憩をしだしてくれたラズとクラン。

今までの分を取り返すようにポーション作りに没頭したい気持ちは分からなくもないが休む時は休む。これが大事。

という訳で、俺も休むためにお菓子タイムと行こうかな。

今日は一口サイズのプチシュークリーム！

丸ごとぱくっと口に入れ、中からじゅわっとクリームがあふれ出すのがたまらないんだよなあ。

チエスちゃんの所でクロカンブッシュも作ったけれど、単純なプチシューも美味《うま》いよなあ。

「ねえねえせんせー？」

「んー？　トイレ行かなくていいのか？」

「だ、大丈夫だよー！　それよりも何食べてるのー？」

「甘いバニルの香り～？」

「お、良く気づいたな。バニルを使ったお菓子だよ。食べるか？」

まあ食べると思ったからわざわざ目の前で出したんだけどな。

頑張っているプチご褒美という事で。

今は教室にはラズとクランしかいないので、他の子達は次の機会だな。

「いいの～!?」

「んんー？　それが目的で話しかけたんだろう？」

「ち、違うよー！　せんせーいじわるー！　でも、食べて良いなら食べたいよー！」

最初から目がキラキラしてシュークリームの方ばかり見ていた気がしたんだけどなあ？

意地悪をする気はないから、ほれほれ食べなさい。

「おおー……お外が甘いの？」

「いや中にクリームが入ってるから、それは器みたいなものだな」

「えっと……手で食べるの？」

「小さいしこうやって食べれば良いと思うけど、ナイフとフォークが必要か？」

はむっと一口でプチシューを口に入れるとバニルの芳醇《ほうじゅん》な香りが鼻を抜けて、カスタードとのダブルクリームの甘さに頬が緩む。

「お、おおー……ワイルドだようー……」

「私もしてみるよ～！　はむっ！」

「わ、私もしてみるよー！　あむー！」

二人揃《そろ》ってシュークリームにかぶりついたのだが、一口で食べきれていない上にそんな勢いで食べるからクリームが飛び出してしまったな。

「「んんっー～!?」」

と、目を見開いてその場で小刻みに跳ね、飛び出たクリームに驚いたのかと思ったのだがどうやら違うらしい。

「んっ……ん!?　何これえええー!?　凄いよおおー！　こんなの食べた事ないよー！」

「ああ～……クリーム？　が、濃厚でたまらないよぉ～……バニルの香りと卵と牛乳の香りがたまらないよ～！」

と、どうやら味の方に驚いたらしい。

あーあー……手がベタベタになっているのだが、気にせずにシュークリームに夢中のようだ。

「ほらベタベタになってるぞ？」

「本当だー!?　何時《いつ》の間にだよー！　気付かないくらい美味しかったー！」

「こんな事お父様の前でしたら怒られちゃうよ～。ねえねえせんせ、これどこのお店で売ってるの～？」

「んー？　どこにも売ってないと思うぞ。俺が作ったお菓子だし」

それよりほら、手を貸しなさい。拭ったげるから。

拭うだけだからまた手を取ったとか怒るなよ。

「せんせーが作ったのー!?」

「おう。このクリームは錬金を用いて作るんだぞ」

「そうなんだー！　錬金凄いー！」

「せんせ、錬金も出来てお菓子も作れるんだ～……」

「まあ趣味程度だけどな」

お菓子作りは俺が食べたいと思ったら作るようにしているだけだしな。

食べたいなー材料あるかなー？　お、これなら作り方を知っているし、作ってみようーの精神だ。

「趣味程度ってレベルじゃないよ～！　せんせ、お菓子屋さんを開いた方が良いよ～！　凄く凄く美味しかったから、絶対に人気店になれるよ～！」

「ええーやだよ。忙しくなるじゃん……俺はのんびり生きていきたいの」

「えーせんせーがお店を出してくれたらいっぱい買いに行くのにー」

「またいつか食べさせてやるから……よし。綺麗《きれい》になった」

女の子らしい爪の先まで綺麗な手を拭き終わり、手を放すと二人がありがとうとお礼を言ってくれる。

「凄く美味しいけど、食べにくいのだけが難点だねー」

「いやいや、俺は綺麗に食べられてるからな？」

ほれ見てみ。俺のクリーム一つ着いていない美しい手を。

「それは……せんせのお口が大きいからだよ～」

「いや、お前らが大きく頬張って食べようとしてたからだな」

小さな一口で食べるのかと思ったら、まさかの思い切り口開いてたろ？

今更恥ずかしがるなよ？　一口で食べようとした勢いで、途中で入らないと判断した結果だからな？

「せんせが一口で食べたからだもん～」

「せんせーの真似《まね》しようとしたんだもんー」

「まあアレが一番美味い食べ方だからな」

「むうう……次は一口で食べて見せるよー！」

いやいや、貴族のご令嬢が大きな口を開けて一口でプチシューを食べるのは大丈夫なのかな？

『貴様！　良くも娘にいらぬ知恵を！』と、お父さん出てきたりしない？

そのままバシューッて斬られたりしない？　貴族怖いんですけど……。

「まあ、ポーションの成功率が3割に一度でもなったら次はアレを積み上げて飴《あめ》をかけたものを食べさせてあげよう。それはナイフとフォークで切り分けて食べた方が食べやすいしな」

「ご、ご褒美があるのー!?　しかもさっきのよりも凄そうだよー！」

「それはやる気になっちゃうよ～！」

まあ、飴と鞭《むち》ではないが飴があればもっとやる気にはなるよな。

俺の臨時教師期間終了日は、たっぷりのお菓子でもてなすというのもいいかもしれないな。

「んんー！　早くポーションを作りたいんだよー！」

「楽しみが抑えられないんだよ～！」

「凄いやる気だなあ……お菓子効果か……」

お菓子の為じゃないよー～！って、騒いでいるがお菓子の為でもあるだろう？

あとお前達距離が近いんだよ……なんか、柔らかめの甘い匂いがするんですけど？

ほれ、もうちょい離れた方が話しやすいから離れなさいな。

「ねえねえせんせー私達この調子でポーション作りを頑張ってたら、卒業出来るかなー？」

「んー？　順当にやっていればレベルはともかく成功率４割にはなれると思うぞ」

卒業条件の一つであるポーションの成功率を４割以上にするって、試験は一度だけというわけではないらしいし、何度か受けて良いのならばまずあと一年もあれば大丈夫だろう。

「んんー……せんせーの方法で入学時から頑張ってたらレベルももっと上がってたのかなー？」

「そうかもなあ」

「むう～腹が立つよ～！」

まあアレが王都スタンダードだったのならば仕方ないさ。

今修正が出来ただけでも儲《もう》けものだと思うしかないだろう。

そういえば第一錬金科はどうなのかと思ったのだが、方針として教科書通りにポーションを作り、ある程度の確率を確認できた場合はそこから創意工夫をしていくそうだ。

まず第一段階をクリアしないと第二段階には進んじゃいけないという方針だったらしく、第二錬金科では創意工夫の前に教科書通りに作って実績を上げろという段階で止まっていたらしいな。

……錬金科の先生には伝えておきはしたが、なんとなく利権関係もありそうで深くは関わらない方が良さそうだなと俺は思っている。

まあ、この子達が成長できるならそれでいいさ。

これもある種、錬金術師の財産である知識だしな。

「そういえば、お前達ポーション作りは教科書があったからアレだけど、魔道具やアクセサリーは作ってないのか？」

錬金の基本としてポーション作りはマストではあるが、それだけではないからな。

俺も初心者の頃はポーションだけじゃなくネックレスとかも作ってたし。

むしろ女の子ならポーションよりもそっちの方が興味あるんじゃないかと思うんだがどうなんだろうか？

「んんー……作ってない……というか、作れないんだよねー」

「作れない？　それは、ポーションと同じ理由で？」

まさか魔道具やアクセサリー作りにも教科書があるのだろうか……？

「ううんー。単純に私達の家の事情だよー」

「アクセサリーや魔道具を作る際は刃の付いたものや火を使ったりもするからね～。指を傷つけるのはまずいんだよ～。パーティとか社交界には今も呼ばれるから、社交場で火傷《やけど》や切り傷があると、恥ずかしい思いを親にさせちゃうからね～」

「あー……なるほど。そうか」

貴族としてのあれこれで色々あるんだなあ……。

ああ、面倒くさそうだな……。

「魔道具やアクセサリー作りも楽しいのに惜しいなあ……」

「ううう……本音を言えば作ってみたいよー？」

「私達は普段からアクセサリーを着けているからね～。こういうデザインがいいな～って思ってはいるんだよ～」

「あーお前達がデザインしたものなら可愛くて売れそうだよな」

「ふっふーん！　デザインに自信はあるよー！」

「こう見えてお洒落《しやれ》にはこだわりがあるんだよ～！　作れるようになったら作ると思うよ～！」

二人してドヤ顔してますなあ……。

まあでも少なくとも俺が考えるアクセサリーよりはセンスが良いものを作りそうだよな。

「でも、作るとしたら卒業後になりそうだよねー」

「そうだね～。卒業した後にレベルが上がったらいっぱい作ろうね～」

「ん、お前ら卒業したら錬金術師になるんだな」

「それはそうだよー！」

「そうなるとせんせは先輩錬金術師だよ～」

「そうか……てっきり、家に帰るんだと思ってた」

貴族のご令嬢だしなあ。

卒業後にわざわざ錬金術師にならなくても、家でぜいたくな暮らしをするものかと思っていたんだが違うんだな。

「んー……もし卒業出来なかったら、お家の決定に従っていたと思うよー」

「多分、お父様が結婚相手を見繕ってくれて、そこに嫁ぐって形だったと思うよ～。皆もそういう感じだと思うよ～」

「まあそうだよなあ」

三女四女とはいえ、貴族のご令嬢。

貴族だと力関係や家同士の繋《つな》がりの為の結婚という事もあるんだろうな。

それにこの世界は一夫多妻制な訳だから一人の貴族に奥さんも一人という訳でもないだろう。

あと、うちの生徒達は皆容姿が整っており、将来が楽しみなレベルだから引く手あまたなんじゃないか？

更にラズとクランに至っては一際目立つ容姿をしているからなあ。

まあ、俺は子供には興味はないけど。

「でもでもでもねー！　お父様と約束したんだよー！」

「約束？」

この流れで卒業出来たら好きな物を買ってもらうー……とかって事ではないよなあ。

「うんーあのねー。もしこの学園で私達が自立できるだけの結果を残したら、家を出て自立しても良いって約束なんだよー！」

「ちゃんと卒業をして自分達の力で食べて行けるだけの実力を身に付けたなら、家の事を気にせずに好きな道を選んで良いって約束なんだよ～。ポーションの成功率が４割を超えたら、自立出来るよね～？」

ああ……なるほどなあ……。

目をキラキラと輝かせ希望を持って俺に答えを求めるこの子達に、現実的な話をするのは心苦しいがそういう事情ならば話さざるを得ない……か。

「……悪いが、ポーションだけって話なら難しいな」

「「え……」」

呆気《あっけ》にとられた表情を見せる二人。

ショックだとは思うが、それでも説明は続けなければならないだろう。

「ポーションは利益率が高くないからな。その上、もし王都に住んでっていう話なら尚更《なおさら》難しいと思う。主に冒険者ギルドにポーションを卸す訳だが、現在でもポーションを卸している錬金術師もいるだろうし、競合相手が多いからな……材料費もかかる事を考えると、ポーションだけで自立ははっきり言うが無理だ」

ミゼラならばポーションだけでも食べてはいけると思う。

俺の家に住んでいて家賃がない分だけ余裕も増える上に、アインズヘイルでミゼラのポーションは重宝されているからな。

ただ、家を出て王都で暮らしながらという場合は別の話だ。

第一錬金科の生徒の中にも王都で錬金術師としてやっていくつもりの者もいるだろう。

現状、第一錬金科の方が進んでいる事も考えると、今からじゃあラズとクラン達では難しいだろうと思わざるを得ない。

そして、王都以外では治安の問題もあるだろうし、そのお父様が認めてくれるとは思えないんだよなあ……。

「そ……なのー？」

「王都じゃなければ……か～。それじゃあ多分、お父様は納得しないよね～」

力のない笑みを浮かべ、目に見えて落ち込んだ様子を見せる二人。

きっと、どうしても自立したい理由があるのだろう。

その理由はなんなのだろうか？

「そっかあ……そうなんだねー……」

「あ～あ……残念だよ～……」

「……なあ、もしかして自立できずに家に戻ると、お前達は嫌な相手と結婚させられるとかなのか？」

「あ、ううん。そんな事は無いよー。お父様が結婚相手を選ぶなら、多分きっと私達が幸せになれる相手を選んでくれると思うよー」

「お父様は私達が大好きだからね～。私達の幸せを願ってくれて選んでくれると思うよ～」

あれ？　そうなのか。

実は家との関係が悪く、だからこそ家から出て自由に生きたいと願っているのかと思ったがそうじゃないのならとほっとする。

「んんー……突っ込んだことを言わせてもらうが、そっちの方が良いんじゃないか？　無理に錬金術師になって、ギリギリの生活をするかもしれないよりも、そのお父様がお前達の幸せを願って選んだ相手と結婚した方が幸せになれるんじゃないか？」

言っちゃあなんだが今まで貴族のご令嬢として生きて来たのに突然市井《しせい》に降りて一般庶民の暮らしをするのは相当大変な思いをしないといけないのではないだろうか。

「う～ん……そうだよね～。１００人に聞いて、１００人がきっとそう答えると思うよ～。でも……」

「でも？」

でも何だろうとその先の答えを待っていると、ラズとクランは指先を絡め合ってお互いを見つめ合った後に俺の方へと向き直る。

「私はクランとずっと一緒にいたいんだよー」

「私はラズのそばにずっといたいんだよ～」

「……それは二人共同じ結婚相手の所へ嫁げるように親父さんに頼めばその願いは叶《かな》うんじゃないのか？」

「それは、侯爵家としては難しいんだよー……」

「政治的な立場というものの関係上、二人で一緒に貴族のお家に入るのは難しいんだよ～」

「そう……なのか……」

貴族的な力関係の話だろうか？

あー……俺にはよくわからないのだが、貴族としては重要な事なのだろう。

侯爵家ゆえに、パワーバランスを踏まえなければならず、双子の場合はそれぞれ争っている派閥を相手に一人ずつ嫁がせなければならないとかって事だろうか？

「でも私はクランとずっと一緒に生まれ育ってきたんだよー。これから先もずっと一緒にいたいんだよー」

「望めるのなら、自立して二人で暮らして生きたかったんだよ～。二人で暮らして、もしかしたら二人が好きになった人のお嫁さんになって……なんて。学園に入ってお父様と約束をして、その夢を叶えられる場所に来られたと思ったんだけどね～……」

「一度夢を見て自分達の出来なさに諦めて……でも、せんせーがきてもう一度希望があると思えたんだけど……やっぱり駄目なんだねー……お父様も、最初から分かっていたのかなー？」

「仕方ないよ～。でもやっぱり……諦めたくないよ～……」

現状、ポーション作りでのみの自立というのならば成功率が6割や7割でも難しい所だと思う。

生きてはいけるとは思うが、それを娘の幸せを願う侯爵家のお父様が認めはしないだろうなあ。

となると、やはり魔道具やアクセサリー作りに力を入れるべきなんだがそれも現状は練習することが出来ないとなると望めない……。

だが、希望が無いわけではない。

卒業資格の一つに卒業資格に見合う成果をあげるという課題がある。

ならば、手を貸すのも俺の業務内容と言えるだろう。

「……手が無いわけじゃあないぞ」

「せんせー？」

「俺もレベルが低い頃に一つの魔道具で大金を稼いだ事はあるからな。そういったものを卒業までに作れさえすれば自立するというのも夢じゃないはずだ」

これは俺で言うところのバイブレータのような物の事だ。

たった一つのアイディアで大金を生み出すような代物を作る事が出来れば、自立できると胸を張れるだろう。

「せんせ……まだ可能性はあるって事～？」

「ああ勿論。ただし、何を作るかを本気で考えないといけないけどな。やってみるか？」

「や、やってみるよー！　可能性があるなら、それに賭けてみたいよー！」

ふんす！っと、鼻息を荒くしながら前のめりになる二人。

そこまでやる気が十分であるのならば、俺もやるしかないだろう。

「ただ、これは他の生徒達には関係のない話だからな。授業中にやる訳にもいかない……となると、放課後に残って話し合いをしないとだが……」

「やるよー！　絶対にやるよー！」

「せんせ、いいの～？　残って一緒にやってくれるの～？」

「まあ、卒業資格の一つに卒業資格に見合う成果をあげるというのもあるしな。ラズとクランがその資格を目指すのであれば付き合うさ」

わーいと、二人でハイタッチをして抱き合うと今度は俺の方に……って、抱き着いてくるなよ！

「せんせー！　ぎゅー！」

「せんせ！　ぎゅ～！」

「ぎゅー～じゃねえんだよ……」

生徒が教師に抱き着いていたとか噂《うわさ》されたら、俺の臨時講師生命が終わりを迎えちゃうだろう……。

それはお前達の自立のための活動も終わるって事に等しいと思うんですけども？

「感極まっちゃったんだよー！　だからもっとぎゅー！」

「せんせが来てくれて本当に嬉しいんだよ～！　だからもっとぎゅ～！」

「分かった分かった。お前達の感謝の気持ちは分かったから離れようなー」

美少女に抱き着かれて嬉しくない訳じゃあない。

ただ、ラズはこの年でなかなかのおっぱいであり、それを押し付けられると子供なのに……と、妙な気分になるんだよ。

反対にクランは立派なちっぱいなので、普通に子供だなと判断出来るんだが……。

「むう～。なにか失礼な事を考えている気がするよ～」

「クランはおっぱいが小さいからねー。お尻を押し付けた方が良いと思うんだよー？」

「それはお尻が大きいって言いたいのかなラズ～？」

「そうは言ってないよー？　でも、クランのお尻はボリューミーでぷにっぷにだよー！」

「それは言っているようなものだよ～！　ラズ～！」

と、俺の周りをくるくると回り始めて追いかけっこをする二人。

先ほどまでポーションだけじゃあ駄目だと言われてしょげていたのに、随分とまあ現金なまでに元気になったなあ。

……でも、この二人はこれくらい元気な方が良いよなあと思ってしまう。

天真爛漫《てんしんらんまん》な二人はこれからも笑顔でいて欲しいねえ。

ちなみに、おっぱいはラズの方が大きいが、お尻のサイズはクランの方が圧倒的に大きいのを俺は分かっている。

大きいお尻も良いじゃないか。それも立派なものだよクラン。

ただ……ここは教室だ。

「お前ら、クラスメイト達に見られてるのと、貴族のご令嬢だって事を忘れるなよ？」

「「えー～？」」

と、ようやく周囲を見回すといつの間にか教室へと帰ってきていたクラスメイト達から自分達が注目を浴びている事に気づいたようだ。

今までの一連の流れを見られていたと分かって恥ずかしかったのか俺に隠れて……って、俺を巻き込むんじゃねえ……。

「……とりあえず、授業始まるから席に戻れよ？」

俺の服を摑んで首をブンブンじゃないんだよ。
お前達さっきまでポーション作るの楽しくて、早く作りたいって言ってただろうがあ。

第三章　香水作り開始

本日の授業が終わり、約束通りラズとクランがお父様との約束を果たせるように会議を始めようと思ったのだが……。

「で……なんで皆もいるんだ？」

ラズとクランとしか話をしていなかったはずなんだが、放課後になったにもかかわらずクラス全員が残っており、教壇にいる俺の周囲へと集まっているのはどうしてかな？

「なんかねー皆もやりたいんだってー」

「皆ね～私達《たち》と同じでお父様達と約束していたみたいで、錬金で自立して家から出たいんだって～」

ええええ……。

ラズとクランは二人で一緒にいたいからという理由があったが、皆もそういうのがあるのか……？

言っちゃあなんだが、貴族の暮らしの方が優雅で楽なのではないかと一庶民としては思うんだけど……？

いや、勿論《もちろん》貴族には貴族の悩みや面倒くささもあるとは思うんだけどさあ……。

「あのあの、私実は騎士科に恋人がいまして……だけどその方は平民の出でして多分家に言っても結婚することは難しいと思うので……」

「今まではお父様とお母様の言うことを聞いていれば良かったのですけれど、この学園で何かを変えられると思ったんです。その機会に恵まれたのでしたら私挑戦してみたいです」

「貴族としての生活も楽しかったけどねー……でも、一度きりの人生。どうせなら、結婚相手も生き方も全部自分で決めたいんだよね」

と、どうやらそれぞれ家を出たい理由がありそうだ。

何人かは既に恋人がいて、その相手と結婚をしたいのだが家柄の問題があって難しいから……と。

恋のパワーは凄《すご》いなあ……。

「言っておくけど、お前らが考えているほど庶民の生活は楽じゃあないし、楽しいばかりでもないぞ？　お前達が体験する必要が無いはずだった恐怖や辛《つら》さを覚える事もある。それでも、決意は変わらないのか？」

可愛《かわい》い子には旅をさせよと、冒険する事は大事だとも思うがこれは将来に関わる事だ。

だからこそ軽く脅しも込めて聞いたのだが、どうやら俺が思っているよりも決意は固いらしく、皆の顔は真剣そのものだ。

「はあ……皆がやるからって圧力に負けた子はいないか？　皆がやるのに自分だけやらないのは……って、思ってるのならそれは間違いだぞ？」

同調圧力に負けてしまった子も……どうやらいないらしい。

皆それぞれ自分の中に信念を持っているようである。

となると、全員分の面倒を見ないと不公平というものか。

「まだ何も決まってない段階だぞ？　思いついた内容が、駄目だったって可能性だってあるんだぞ」

それでも強い意志を持って頷《うなず》いてくる生徒達。

「……それじゃあ、皆で考えるか。皆が自立できるだけのものをな」

こうなっては仕方がない。

というか、クラスが全員やる気であるならば授業として扱えるようになった点はありがたいか。

「とりあえず、大前提として売れる商品を考えないとだな」

自立することを前提としているので、それを売って自分達の生活が賄えなければ話にならない。

生徒達同士で競合しても仕方がないし、となると全員で何かを作るという形の方が良さそうかな。

しかし、全員で……となると、小さな発明程度では賄いきれないな……。

「んんー自立出来るだけの商品ってなると、やっぱり貴族向けの物が良いのかなー？」

「単価は高いしね～。でも、自分達が貴族だから分かるけど、貴族はこだわりが強いよ～？」

「私達の錬金で作れるもので、満足のいくものが出来るのでしょうか……」

「せんせーはどう思うー？……せんせー？」

「せんせ？」

10人全員が……となると、いっその事店舗を持って全員で運営するというのもありかもしれない。

その店が繁盛する様な物であれば、全員の条件は満たせると思う。

ただし、簡単に真似《まね》をされるようなものでは、安定して自立して生きていくというのは難しいと突っ込まれる可能性が高い。

となると、やはり全く新しいものが良いだろうか？

「おーい。せんせー？」

「黙っちゃったら困るし怖いんだよ～？　悪戯《いたずら》しちゃうよ～？」

需要を考えて何なら売れるか……。

出来ればこの子達でしか作れない物がいいんだが……うーん……。

競争相手は少なく、そのうえでこの人数だから出来ると利点がある物が良い。

その方が、後から真似されて客を奪われずに済むからな。

全員の特徴……女の子……貴族のご令嬢……社交界……若さ……んんー……。

「むうう……。無視は良くないんだよ～」つんつん

「頬《ほ》っぺた突いても気づかないんだよー？」ふぅー

「ラズの吐息も効果なしだよ～」

「クランのつんつんも意味が無かったよー」

「次は私が試してみますね」

「私も……」

何か……何かないかなー？

なんとなーく……なんか出てきそうなんだけどなー……。

ああーすっきりしない。

喉の手前で引っかかっているようですっきりしないんだけど、んんんー……ん？

「っ！　何してるんだ!?」

「あ、気が付いたー。誰？　誰が決め手？」

「何が!?」

気づいたら女生徒達に取り囲まれていた！

しかも、なんか距離が近い！

顔やら手やら体が近いんですけど!?

生徒達それぞれの女の子特有の優しい甘い香りが、女学生の若い良い匂いが濃ゆいとか犯罪じゃな……い？……あ、これはいけるんじゃないか？

既にあるかどうかは分からないが、あってもいける気がする……。

「よし。お前らそのまま聞いてくれ。いや待て。ちょっと離れてくれ。近いから。お前ら全員近いからな？　淑女らしくな？　な？」

そのまま聞かれたらまるで俺が女学生に取り囲まれるのを良しとしているみたいじゃないか。

臨時ではあるが教師としての沽券《こけん》に関わってしまう。

「せんせがぼーっとしてたのに〜」

「ぼーっとしてたと思ったら真面目な話なのー？」

「あー悪い。でもさ、いい案を思いついたんだよ」

「『いい案ー～？』」

俺の自信満々の顔を見て少しの期待を持って聞き返す侯爵家のラズとクラン。

更には同じような顔を俺に向ける8人の貴族の娘たち。

そんな貴族の彼女達だからこそできる、いや彼女達でなければ作りえない名案を俺は自信満々に口にさせてもらう。

「お前らでオリジナルの香水を作るのはどうだ！」

もし効果音があるのなら、デデーン！っと、音がしていることだろう。

そして、シーン……と音がしていることだろう。

……あれ？　思ったよりも反応がいまいちだな。

「んん～……香水か～……」

「え、ダメか香水？」

その反応を見る限り駄目っぽいんだが何故《なぜ》……。

女の子が好きなイメージがあり、香水なら錬金スキルを使って分解作業と調香をするだけなので出来なくはないと思うんだけど駄目なのか……。

香水が駄目だと石鹸《せっけん》とかシャンプーやリンスになるんだが、あれは洗浄効果をつけなくてはいけないから、作業が少し複雑化してしまうんだよな。

石鹸やシャンプーなどは出来れば、香水でしっかりと客層を摑《つか》んでから第二段階などに回したかったんだが……。

「うーん……香水自体があんまり好まれる類ではないんだよー……」

え、そうなの？

「社交界でつけてくる人もいると思うんだが、いないのか？」

香りって自分をアピールする魅力の一つではないのか？

臭い匂いをさせていれば嫌がられ、良い香りをしていれば興味を引く。

嗅覚という五感を刺激する魅力の一つだと思うんだがなあ。

「それは勿論いるよー？　でも、基本的にはせんせーよりも年上の女性で、キツくて強い匂いが多いから好みは分かれてるんだよー」

「あんまりキツイ匂いだと、いい顔されないし、嫌がられる事もあるんだよ～」

うんうんっと皆も頷いている。

どうやら思った以上に流行《はや》っている訳ではないらしい。

元の世界じゃあそれなりに香水をつけている人はいたんだけどなあ……。

まあ、それはそれで構わないけどな。

「そいつは好都合だな。つまり、現状の香水の改善点がわかってるってことだ。お前ら、自然な花なんかの良い香りは好きだろう？」

「それはそうだけど……」

「キツイ匂いじゃなければいい。答えがわかっているのだから、需要を満たせばいいだけじゃないか。香りってのは、人が人に対して関わる五感の一つに関わるものだ。視覚を満たすために着飾るのだから、嗅覚を満たすために香りをつける事は悪くないだろう？」

「お、おー？　そう言われると、確かに程よい良い香りなら悪くないと思うよー？」

「商売の常は需要と供給だ。需要が無ければ物は売れない。だが、需要は生み出せるからな。キツイ匂いじゃない香水に好感触が得られてお前達が流行らせれば需要が生まれる。それを供給すれば、商売が成り立つ」

「私達が流行らせればって～……あ、私達が社交界で使うんだ～！」

「その通り。お前たちが率先して、嫌みのない香水を使えば興味を持つ人が現れる。どこで手に入れたかを気にすることになる。となれば……」

「私達が作った物が売れる……」

「そうだ。だがこのままだと真似をされる。ようは香水の香りを和らげればいいだけだからな。そうなると最初の方はともかく後々売り上げは目減りするだろう。そこを突っ込まれたら、恐らく自立として認められないかもしれない。そうならないためにはお前達が作ったと分かる『ブランド』が必要だ」

　これが重要。

　アクセサリー等と違って銘を彫る訳にもいかないし、完全に同じ香りではないと言われてしまえば手を出すことは出来ないので、真似をされないための工夫が必要という訳だ。

「ブランド？」

「ああ。香水を作るのはお前達全員。つまり、お前達貴族のご令嬢として生きてきた10人が監修しているというのが最大の武器になる。だからこそ、それを大々的に宣伝しお前達の香水は特別で高品質である事が保証されると周囲が認める。それが『ブランド』になるという事だ」

「お、おおー……」

「特産品……の様な物ですか？　例えばアインズヘイルのキャタピラスは美味《おい》しいという様な」

「ぐっ……ま、まあそうだな。俺は虫が苦手だから食べたことはないが、アインズヘイルといえばキャタピラス！　のような印象を与えるという事だ」

認めたくないがアインズヘイルといえばキャタピラスなのは一般的な事。

旅人であればアインズヘイルに来たらキャタピラスを一度は口にする……かもしれない。俺はそうは思わないので何とも言えないが、基本的にはアインズヘイルにせっかく来たのなら名産品は食べるだろう。

「つまり『香水』と言えば一番品質が良いのはお前達の物となるようにするわけだ」

「なるほど……ブランド？　を確立する事によって、後に出てくる競合に対しても信用と安定の部分で勝るという事ですか」

「そう言うことだな」

「なるほど……しかし、貴族お抱えの高レベルの錬金術師もいらっしゃいますよ？　その方に真似をされては私達のレベルでは……」

「いや、それでもお前達の方が有利だよ。元祖ってのは、其《そ》れだけで特別だ。それに、ここには10人もいるんだ。言ったろ？　お前達で、ブランドを作るんだって。たった一人の貴族の意見で作った物よりも、より多くの意見を交えて作った物の方があらゆる面でクオリティが高いのは間違いない。そして、そのクオリティと信頼がお前達の象徴。つまりはブランドになるんだ」

だが、と顔を真剣なものに変えて説得力を持たせる。

ここが、一番大事なところだからな。

「ブランドってのは信頼と信用の証《あかし》でもある。お前達が作った物だから大丈夫だとずっと思わせなくてはならない。だから、妥協は許されない。10人がいて、10人が認める香りでなければ商品にはできないくらいの厳しい審査と話し合い、それに研究が必要だ。誰かの意見に飲まれるな。ただし、否定することに固執もするな。相手の好き嫌いで判断するな。自分の意見を大事にしつつ、相手の意見を受け入れる器も必要でなければいけない」

「そんなに厳しくってー……もしどうしても納得が出来ず、意見が割れたままだとどうすればいいのー……？」

まあ、当然そういうこともあるよな。

だが、ふっと笑みをこぼして最後に少し緩くした事を言う。

「まあ、もし意見が割れていくら話を交えても答えが出ないなら、２つ作っちまえばいい。２つとも仮の商品として店には出して勝負中であると宣伝して、評価の高かった方を正式に商品化するとかな。難しいことを言うようだが、思考は柔軟に、だけど妥協はするなって事だ」

「お、おおー」

試供品を置いて匂い比べ……なんてのも面白いだろうな。

自信がない物は本製品とせず、アンケートを取ったりテスターとして使うなどやりようはいくらでもある。

「でも、相手が貴族の女性だと数も限られますしあまり売れ行きは望めない気が……。そもそも一つ一つの単価は香水だとあまり上げられませんし、一度購入されたらしばらくは売れないんじゃ……」

「んんー別に貴族の女性に限る必要はないんじゃないか？　男性用や平民用のものも考えてもいいな。それぞれ好きなように作った自信作にお前達の名をつけた香水なんてのも面白いかもな。例えばラズが作った『ラズ』という香水……なんて、自分達の領地なら当然売れるだろうし、王都でなら全種類買える！って専門店を出すのもいいと思わないか？」

まあ、サイズや濃度などで値段を抑える必要もあると思うが……。

どうせなら貴族用はガラス瓶に細工を施して高級感を持たせるのも悪くないかもしれない。

桐《きり》の箱に入れ、贈答用なんてのも面白いな。

「貴族じゃない普通の市民が香水を使うのかなー……」

「私達の名前を使って売れるの～？」

「売れるさ。貴族は庶民の憧れ。身近で手ごろにお前達に近づけるものがあるのなら手に入れたいだろう。いざという時のおまじないや、お祝いの場に……なんて、謳《うた》い文句《もんく》をつけてもいいだろう」

「おー。贅沢品《ぜいたくひん》ではあるけど、一回で使い切らないしそれなら買ってくれそー！」

「贈り物とかなら喜ばれそう～！　せんせ、経営戦略が予想外にしっかりしてるよ～！」

それに、と一つ付け加えておく。

「お前ら全員が全員とんでもない美人だしな。そりゃあ、世の女性なら憧れもするだろうさ」

天然のモデル……ってやつか？

貴族の娘だからって理由にはならないはずなのに、なんでこんなにも美人ばかりなのだろうな。

「なっ、ななな～！　誑《たら》されたよー!?」

「これが6人の女性を囲う男の誑し術だよ～！　あまりにもナチュラルだったよ～！」

「なんだよ。茶化すなよ」

「茶化したのはせんせーだよー！」

「なんで、なんで俺が？って顔しているんだよ～！」

いやそんな顔もするだろう。

実際相当美人なのだし、褒められ慣れているのだろうから自覚もしてるだろう？

お前らその容姿で褒められ慣れてないとかは流石《さすが》に通らないぞ。

「なんだー？　いっちょ前に照れてるのか？　はっはっは」

「「ううう、うるさいんだよー～！」」

「まあ、ともかく。これで俺が説明できることは終わりかな」

「……うう、話を戻されたよー……」

「なんか悔しいよ～……」

そりゃあ戻すだろう。

今は真面目な話をしているんだから、茶化しちゃ駄目なんだぞ？

「最後にもう一度だけ確認しておくけどしっかり悩めよ。俺がお前達をどうにかしてやるんじゃない。どうしたいのかを決めるのはお前達一人一人だ。だが、もし現状を変えたい。このままじゃ嫌だって決起するのなら、俺は俺の持つ知識も経験も全部を出して手助けしたいと思ってる。だから……しっかりと考えて自分の意志で決めるんだ」

この言葉に、クラスの皆が押し黙り真面目に考えだす。

誰かに相談をするわけでもなく、自分自身の芯となるものに問いただしているように沈黙が訪れる。

「せんせーは、成功すると思いますかー……？」

「する……って言えば安心するか？　そんな言葉で夢を見させてやることなら簡単だが、世の中に絶対なんてないからな……。ただ、俺は成功させる気でいるぞ」

俺の嘘偽《うそいつわ》りない真っすぐな言葉に真剣な瞳で応えるラズとクラン。

そして二人は手を繋《つな》ぎ、言葉を交わさずに目と目で会話をして一度大きく頷いていた。

「……そうだよねー。うん。せんせーを信じるって決めたんだもん。私はやりたいと思うよー！」

「うん。これが多分最後の希望だもん。絶対やる。やるしかないんだよ〜！」

「私も頑張りたいです！」

と、次々にこの案に賛成してくれる生徒達。

どうやら全員……参加するみたいだな。

「よし分かった……。分からないことがあれば何でも聞いてくれ。俺が分からない事でも、俺の師匠や先輩ならわかるだろうから聞いて答えるようにする。俺は臨時の講師だが、講師期間が終わっても相談には乗ってやる」

ここまで焚《た》きつけたんだ。

焚きつけるだけ焚きつけておしまい……だなんて、無責任な真似は出来ないよな。

まあ、ベースはしっかりと期間中に叩《たた》き込むから、あまり心配もいらないだろう。

「せんせー！　それは最後まで責任を持ってくれるってことー？」

「ん？　ああーまあそうだな。最後までお前達が成功するように――」

「よ～し！　せんせが最後まで責任を持つらしいよ～！　ダメだったらせんせのお家で住み込みの弟子入りすれば、将来安泰だよ～！」

「お父様にも弟子入りするって言えば納得させられるかもしれないよー！」

「……へ？」

いや待て。そんなことは一言も言っていない！

住み込みの弟子入り……？

駄目だったら俺が俺の家でお前達の面倒を見るの!?

「待て待て待て。騒ぐな。落ち着けって！　そこ！　なんでキャー！　だ！　弟子にかこつけてじゃない！　何もしねえよ！　じゃなくて！」

部屋は客室を潰して集団生活……って、そうじゃない！

「最後までって言ったら、駄目だった時の保険も含むんだよー？」

「お前達、駄目だったら家に帰って結婚するんじゃないのかよ!?」

そんな覚悟では……とは思ってはいたが、とはいえ実際問題駄目ならそうなるよな……と思っていたのに!?

……これはまさか、俺の方の覚悟が足りてなかったということか!?

「夢を見させておいて今更戻れる気はしないよ～！　少なくとも、私とラズは一緒にお世話になるつもりだよ～！」

「や、待てって！　お前いきなりそんな……」

ウェンディ達が許してくれるわけ……だ、駄目だ。

許してはくれるだろうが、暫《しば》くの間諦められた目で見られる未来しか見えない！

それに俺にはミゼラという立派に育て上げなければいけない弟子もいるのだ。

この子たちは大丈夫だと思うが、王国のハーフエルフに対しての意識も心配だし……。

っていうか、ラズとクランは侯爵家のご令嬢……。

隼人《ハヤト》に助けを求める……？　ダメだ迷惑しかかけられない！

『平民がっ！　娘を誑《たぶら》かしおってっ！』

なんて、冗談ではない未来が見える！

うん。それは無しだ。無し無しの無しの方向だ。きっぱりと否定しよう。

「あのな――」

「流石に冗談だよー。まあでも、私達の一番の目的の為《ため》だったらもしかして……だよー？」

一番のって……ラズとクランと二人でいる事って事か。

それが叶《かな》えば俺の家に弟子入りして一緒に住んでも叶うって事か！

「成功させるために頑張ろうね～？　せんせ？」

「っ……ああ。意地でも成功させてやる。だからお前らも、本気で取り組めよ」

年若くとも貴族のご令嬢。

ラズとクランの天真爛漫《てんしんらんまん》さに勘違いしそうになるが、平民の男を手玉に取る事など朝飯前という事だろうか……。

恋人達を思い浮かべつつ、本当にこの世界の女性というのはたくましいなあ……色々な意味で将来が楽しみだねえと思う。

「それでせんせー！　香水ってどうやって作るのー？」

「……………あ」

しまった。俺、香水の作り方を知らない……。

匂いの付いた水を作れば良いのか……？

いや、それだけで作れるものなのか……？

ただの水だと吹きかけたら残ったりするんじゃないか？

「せんせ？　もしかして……知らないの～？」

「ま、待て！　大丈夫だ！　俺の知り合いにきっと詳しい頼りになる人がいる！　明日は学園も休みだし、その間に情報を仕入れてくるから！」

「せんせー……？　さっきまで頼りがいしかなかったのにー」

「せんせ……？　今は少し格好悪いよ～？」

うぐ……確かにあれだけ格好つけておいてこの醜態は格好悪いな。

今は、今はその言葉を甘んじて受け入れよう……。

だが！　休み明けを楽しみにしているが良い！

香水についての知識を身に付けたニュー忍宮《シノミヤ》先生をお披露目する事を誓おうじゃないか！

困った時は！　人に頼ろう！

「……で、私を頼りに来たという訳ですか」

「……はい。お願いします！　助けてください！」

目の前にいらっしゃる眉目秀麗の女性は、俺が尊敬し敬愛する大先輩であるリート様。

錬金術師として頼りになる先輩であり、美容関係に特化していらっしゃるリート様なら何とかしてくれると信じてます！

「……確かに、香水の作り方は知っていますよ？　というか、少しだけ作ってもいますし……」

「なら――」

「つまり、後輩君はアレですか？　私の商売敵になるであろう生徒達の為に私に香水の製法を教えろと？」

「……」

多分俺今口が×印になっていて、声を出す事が出来なくなっている気がする。

だってリートさんが言った通りだもの……。

そうだよね。俺は今とんでもない事をお願いしているんだよね。

とはいえこのまま口が×印のまま黙っている訳にはいかないので、なんとか×印を解除して弁明をせねば！

「で、でもリートさんのメインは化粧品などの美容関係ですよね？　香水は少しだけとの事ですし、そこまで商売敵という訳ではないのでは……」

「確かに香水はあまり売れませんし、正直どこの錬金術師にとっても余程香水を愛用しているカモ……失礼。貴族の方がいらっしゃらないと取り扱いはしないでしょうねえ」

「なら――」

「ですが！」

ぐっ……口を挟ませてもらえない……っ！

「香水を作るという事は、後輩君の事ですしゆくゆくは石鹸なども作るのでしょう？」

「はい……」

香水だけではなく、香り付きの石鹸も作ろうと思ってます。

「私、石鹼もう作ってますよー？　主戦力ですよー？　あーあー……後輩君の生徒さん達が石鹼を作って人気が出たら、私は路頭に迷うかもしれませんねー」

「す、すみませんっ……！」

「しかも、香水は従来の臭いとすら思うような強い香りの物ではなく軽いもの。ああ、売れそうですねー。香水のしつこく強い嫌な感じが払拭されて売れちゃいそうですねー。しかも、貴族のご令嬢10人が監修ですか。あーこれは凄い。私みたいな一般錬金術師が考案した石鹸なんかは淘汰《とうた》されてしまいますねー」

「そ、そんな事は……。だって、リートさんの方がレベルも高いですし、何より経験が違うじゃないですか……」

ううう……駄目かあ……いや、そりゃ駄目だよな。

詳しいとは思っていたし、実際詳しかったが詳しいという事はそれで商売をしているに決まっている。

錬金術師にとって知識や技術は財産なのだから、その財産をくれと言われて簡単にくれるわけないよなあ……。

「……ふふ。冗談です。他の方ならお断りしますけど、後輩君の為なら教えてあげますよ」

ぱあああ……っと、リートさんから後光が見える気がした。

あれ？　リートさんの種族ってもしかして天使だったのかと思う程に眩《まばゆ》い光が見えた気がした。

「後輩君にはお世話になっていますからね。貴重なお土産も沢山いただいていますし、ここで恩を売っておいた方が私にとっては得になると思いますし」

「おお……はい！　この恩はまた何かで返させていただきます！」

打算でもいい！　リートさんにはこれからも貴重な品をお届けしよう！

差し当って地龍の素材のおかわりなどいかがでしょうか？

いくらでもレアガイアから剝ぎ取……貰《もら》ってきますよ！

「では、香水の作り方ですが……」

という事でリートさんに香水の作り方を習い、早速久々にギルドの錬金室を利用して色々試してみる事に。

今作っているものはアロマオイル。

天然物の材料をもとにして作られた精油と、揮発性の高いアルコールを合わせてアロマオイルが出来るという訳だ。

科学的に作られた合成香料が無いため、この世界ではこれが香水となる。

本来ならば潰して搾ったり、蒸して冷やしてなど様々な工程を経て生み出す物なのだが、錬金の基本である『分解』を使えば造作もないらしい。

分解を失敗しないようにするには、しっかりと分解して分ける物を認識することが大切だそうだ。

だが、別に細かい成分などのすべてを把握している必要はない。

例えばだが、ミックスジュースがあったとする。

それを分ける場合、ミックスジュースに何がどれだけ入っているかは必要ではなく、水とその他で分けてしまえばその他には水分の抜けたフルーツの混ざった塊が出来上がる。

それとは別にオレンジとその他とすれば、オレンジの抜けたミックスジュースが出来上がる。といった具合に明瞭なのだ。

だから、一度精油を取ってこういうものが入っていると認識さえしてしまえば、あとは生徒達でも出来る簡単な作業となる。

さらに言えば、完全に無駄なく取れるため、圧搾や、蒸して蒸気を冷やしてオイルを取るよりも効率が良いのだ。

……元の世界から見れば、とんでもないスキルだろう。

正直、錬金の基礎である『分解』『合成』『再構築』はとんでもなく便利で使いがってが良すぎるくらいである。

とはいえ、精油を作るのは簡単だが問題は量だろう……。

柑橘《かんきつ》系の精油を作るのに、かんきつ類の皮が相当数必要だとは思わず、とりあえず町中を駆け回っていただけるものは頂いてきたのだが……効率が悪い……。

5キロのかんきつ類の皮から手に入れた精油はわずか15㎖。

これでも普通に搾って作るよりも錬金で作った方が効率がいいのだから驚きだ。

一滴当たりが0・05㎖として、49・5㎖のベースのアルコールに1％のアロマオイルを作るとしたら10滴で0・5㎖。

つまりは、5キロの素材から30瓶までしか作れない。

薬体草が5キロもあったら、一体どれだけのポーションが作れるだろうか……。

その中でも薔薇《ばら》が一番とんでもない……。

50本のバラの花から抽出できたのはわずか二滴……。

確かテレビ番組では一滴だと言っていたが、錬金スキルで倍の効率に！

……とはいえ、それでも０・１㎖だ。

１％のアロマオイルを作るのに必要な薔薇の本数は、要するに２５０本というわけだ。

もっと濃度の濃いものとなると……。

一瓶当たりに使用する量は少ないにしてもこいつはまずいと、冒険者ギルドやアイナ達に依頼を出し、香料になりそうな野生の草花を集めるようお願いしておいたのだが……ラベンダーやジャスミンなど香りの良いものがそう集まるだろうか……。

「どうですか？　進んでますか？」

「あ、リートさん。ええ一応……。ただ、効率は悪いですね……」

リートさんから手順を習い、王国とアインズヘイルを駆けずり回って材料を仕入れは出来たのだが……これを量産するとなるとかなり膨大な材料が必要という問題が浮き彫りになった。

「そうでしょうそうでしょう。香水は効率が悪いんです。それも、純粋な材料からとった香水なんて、超高級品ですからね。庶民は相当薄めたものでないと手が出せませんよ？　というか、自分の為でもないのに自腹を切ってまでやりますか？」

そうなのだ……。

臨時講師では、学園の経費で使える額が限られる……。

だから自分で研究するものはすべて自腹。

冒険者への依頼も自腹なのである。

「……せっかくやる気になってるあいつらのやる気を削《そ》ぎたくないですからね。幸いにも、王都とアインズヘイルの花農家や贔屓《ひいき》にしている農園の方に話をしてもらって、売りに出せない花や果物なんかを安く譲ってもらえるようにはできましたので、あいつらの作った物が軌道に乗ればある程度今後の問題はないと思うんですが……」

「それはそれで凄い行動力ですね……。それでも予想する需要を考えると、足りませんよねー」

「そうなんですよね……」

高級路線については貴族に売る分は問題ない。

だが、ただでさえ10人分の生活費をと考えると、量を作れず、一般用に売れそうもないのはさすがに厳しいか……？

実務についてはあいつら次第、そこをどうにかしてやるのが俺の仕事なわけだが……んんー……。

やはり、ここは容《い》れ物《もの》にもこだわるべきか？

いざとなれば、俺がガラスを加工して作り卸すという手もないこともないが……。

この先何年、何十年もとなると大変そうだな……。

ガラス職人に頼むか、あいつらの誰かが作れればいいんだが……贋作《マルチコピー》や手形成《ハンディング》がないとより精工な作りの大量生産は難しいだろう……。

そのためにはレベルを上げなければいけないが、そんなに急に上がるものでもないからなあ。

「仕方ないですねー。もう少しだけ、手を貸してあげましょうか」

うふふふっと、口に手を当てて笑うリートさん。

あれ？　やはり天使か？

リートさんって人族に見えてましたけど、もしかしてレイディアナ様の使徒様だったりしませんか？

「実はですねー裏技があるんですよ。他の人がどうやっているかは知りませんが、私の方法はオイルをほとんど薄めずに、しかも材料はほどほどで済むという裏技です」

「お、おお……」

「しかも、時間さえあれば多くのオイルが手に入ります」

「ま、まじですか？　そんな画期的な方法が……？」

「ええまあ。ただし、この方法はくれぐれも秘密でお願いしますよ？　生徒さん達にも言い聞かせてくださいね？　広まったら私の売り上げがっ!!……なんてことにはなりませんけど、これ私の錬金術師としての秘中の秘なんですから」

「もちろんです！　あいつらにも絶対に内緒にさせます!!」

契約書を書いてでもあいつらには徹底させよう。

錬金術師の技術や知識はそれそのものが財産であり、それを教えてくれるなんてのは普通に考えてあり得ない。

だというのに、リートさんは俺を助けるためにと教えてくれるのだ……その恩には報いねば！

「……じゃあ、広まったら後輩君のせいですからね。食べられないようになったら私も弟子にしてもらって、家に住み込ませてもらえますか？」

「いやいや、リートさんはレインリヒの弟子でしょう？　それに今回も助けて貰っていますし、リートさんの方が知識も経験も圧倒的に上じゃないですかー」

「私は別に、レインリヒ様の弟子というわけでは……む。わざとやってます？」

「……」

さっと思わず視線を逸《そ》らしてしまう。

恩に報いるとは言ったが、それはそれだろう。

なんで生徒達だけじゃなく、リートさんまで家に来る可能性が出てきているんだっ！

「……助けるのなし」

「ごめんなさい！　嘘です嘘です冗談です！　わかりました！　何かあった際は必ずお助けします！　その際は家に部屋もご用意致しますのでどうかっ!!」

「ふん……どうせ年増《としま》はいらないのでしょう？　別に構いませんよー」

「そんな風に思ってませんって。それに、年は同じくらいじゃないですか……。確かに雰囲気はお姉さんのようで頼りがいがありますけど、優しくて綺麗《きれい》な理想のお姉さんですよ」

本当に、こんな姉がいたら理想だろうな。

厳しいけれど優しくて頼りになって、いつだって俺が本気で困っていたら助けてくれる……。

しかも、たまにわざとリートさんのぱいを押し付けてくる悪戯をしてきたり……血の繋がりがあったらまずいな。うん。

「っへ、へー。……も、もう一回言ってもらえますか？」

「同じくらいの……年齢じゃないですか？」

「違いますよ！　最後の方！」

「理想のお姉さん？」

「じらしているんですか？　その前！　優しく――のあとですよ！　なんですか？　いじわるしたから仕返しですか？　女の子には優しくって教わらなかったんですか！」

「ああ、綺麗で可愛い理想のお姉さんですよ」

「可愛いが追加されたっ！　ヒャー！　褒められ慣れていないお姉さんをからかってー！　もう！　このこのー！」

バシッと肩を叩かれるのだが、物凄く嬉《うれ》しそうなリートさん。

この前お土産を渡した時くらい喜んでいるようだ。

「褒められ慣れてないって……リートさん、そんなに綺麗なのにそんなわけないじゃないですか。もし本当なら、今まで出会った人たちは目が節穴なんでしょうね」

「な、ぅ………。ぉ、ぉぉ……これですか。皆これに弱いのですかっ……。そういう、なんかこう言葉に魅了を乗せるスキルでも使っているんですか？　お姉さんに魅了は効きませんよ！　効きませんけど綺麗なお姉さんにドンと任せなさい！」

バシバシと俺をたたきつつ、頰を押さえて身もだえ、最後は胸を強く叩いてぱいを揺らし、しま

いには体まで揺らしてもっとぱいを揺らす忙《せわ》しないリートさん。

テンション高く満面の笑みからの自信満々の表情に若干戸惑いつつも、助けてくれるのだからと表情には出さないよう我慢する。

……そんなに綺麗と言われたのが嬉しかったのだろうか。

いやでも美容に気を使っているのに褒められないというのは、案外こたえるのかもしれない……。

……今度から、細かいところに目を配って気づいたら褒めるようにしよう。

「ではでは、早速ですが……これを差し上げますよ。全て万事この子で解決です」

「これ……これ？　これって……」

「そうです。スライムです」

リートさんがわざわざ胸元から取り出したのは、透明な瓶の中に入れられた透明なスライムだった。

小さく手のひらサイズで小さな核と薄い膜で辛うじてスライムとわかるくらいのものだ。

「スライムが役に立つんですか？」

「ええ。この子は『オイルスライム』。オイルスライムは表皮から常にオイルを流すスライムです。自然界にいるオイルスライムは雑食で、様々な草花や動物の死骸などからオイルを得て混合して別のものへと変異してしまいますが、この子はまだ無垢《むく》で何物にも染まっていないのです」

「あ、それって……」

「ええ。例えばその薔薇の精油を与えます。一、二滴で構いませんよ。油分とお水があればしばらくの間は持ちますから。あとはガラスケースなどに水と一緒に入れてあげれば、時間がたつとオイルが水に浮かび上がるので、それを回収すれば良いのです。ちなみに、濃度は元の精油の99・98％です」

「99・98って……ほぼ変わらないじゃないですか」

「そうですね。ヒトが知覚出来る範囲ではありません。ただし、この子のように無垢なオイルスライムなんてのは滅多に手に入りません。ほとんどのオイルスライムが、生まれてすぐに手あたり次第近くにある油分を手に入れようとします。だから、何匹かは差し上げますが、この子達を使うときは薔薇などの本当に貴重なオイルばかりにしてくださいね」

「わ、わかりました」

確かに、かなり貴重なのだとわかる代物だ。

だが、これで数が取り辛い物などの貴重な精油が手に入りやすくなる。

更に言えば、その分に割《さ》くはずだった資金を節約し、他の素材を買い取る際にも使えるという構造だ。

全ての素材をオイルスライムから手に入れるようにしてしまうと、資金の流れという意味でもこちらから出る資金の少なさから何かある……とされると、このスライムの存在がばれる危険性もあるのである程度は自分達で作れるようにしておいた方が自然だろう。

しかし、まさかスライムか……。

ローションといい、疑似ゴム製品といいスライム様様だな。

「ちなみに、オイルスライムは自分が出した油分は食べませんので、きちんとオイルが出なくなったら新しい精油をあげないといけませんよ。そのタイミングで与える精油を変えれば別の精油が取れます。ただし、混ぜてしまうと変異する可能性がありますので注意が必要です。それと、その子達は調教済みで人を襲うことはありませんが、数週間ご飯が無いと死んじゃいますからね？」

「調教済み？」

「ええ。もし他者が製法を知って真似しようと天然の無垢なオイルスライムを手に入れても、脱走してしまうか襲われるかのどちらかです」

「あー……魔物ですもんね」

こんなにぽよぽよで可愛らしい見た目をしていても、魔物なんだもんな……。

表情はうかがえないが、俺が観察をしていると首をかしげているように感じてやはり少し可愛い……。

スライムだから首、ないんだけどさ。

「あれ？　リートさんは、スライムの調教が出来るんですか？」

「え、ええまあ。あ、流石にそれは内緒ですよ？　教えてあげられませんよ？」

「わかってますよ。こいつらを譲っていただけるだけで十分です」

流石にそこまでは聞けないだろう。

しかし、魔物を調教か……。

出来るんだなそんな事。

モンスターテイマー……みたいな職業も、実はあったりするのだろうか？

「さて、ついでに香水に使えるけれど使うとは思えないような素材もリストアップしておいたので、こちらにも目を通してくださいね」

「何から何まで本当にありがとうございます……」

こうして、リートさんの手ほどきを受けながら話を聞いてメモを取り、休み明けに生徒達に話すことがかなり増えた。

正直な話、リートさんに話を聞かなければ失敗していた可能性が高かった。

やはり、専門分野というのは大事なのだろうな。

錬金術師の知識は財産……というのを、深く再認識することができたのだった。

アロマオイルの研究をギルドの錬金室でした後、家に帰ってからも研究を続ける。

完成形の見本を俺自身が作ってみた方が生徒達の参考になると思って試しているのだが……予想よりも遥《はる》かに難しい。

良い香り×良い香りが必ずしも良い香りになるとは限らないのだ。

むしろ酷《ひど》い匂いになってしまったり、何を使ったかもわからないようなごちゃごちゃでコンセプトも何も無い微妙な出来になってしまう事も多いのだ。

失敗続きではあるのだが、失敗という経験もまた生徒達に教えるのには役に立つからと悲観はしない。

悲観はしないが……思った通りに行かないのが続くと気が滅入《めい》ってはくるなあ。

「はあー………」

「イツキー！　やっほー！」

「うおっ。びっくりした」

足元から突然声をかけられそちらに目を向けると七菜《ナナ》が俺の影から顔だけを出しており、椅子を引いてやると床に手を突いてよじ登ろうとしていた。

……どうでもいい事なんだが、お前スカートなんだから思い切り足をガバッと上げて登るなよな……。

「よいしょっと……あれ？　もしかしてイツキお仕事中だった？　邪魔しちゃったかな？　ごめーん！」

「いや、ちょっと行き詰まってて休んでた所だから大丈夫だよ」

「そうなんだ？　で、今は何をしてー……って、凄い匂いだね……あ。そういえばなんか先生やってるんだっけ？　それで香水を作るんだって聞いたけど……これもしかして試作品を作ってるの？」

「そうだよ。完成品を見本として作った方が生徒達にも教えやすいと思ったんだが……なかなか上手《う》くいかなくてな」

「なかなか上手《ま》くって……これ全部試作結果って事だよね？　一体どれだけ作ったの……？」

どれだけって……どれだけだろう？

香料の種類、組み合わせる数、香料の量、２つの香料を組み合わせた場合どちらの香りが優先されるか、どういった出方をするかなどをメモし続けていたので覚えていないが、メモを見れば多分分かると思う。

幾度となく香りを嗅いだせいで鼻が馬鹿になりそうであったが、特別な水を使った点鼻薬を作って乗り切った。

「……イツキって何でも簡単にぱぱっと作れちゃうもんだと思ってたけど、そうじゃないんだね……努力してるんだ」

「そりゃあな。錬金スキルのレベルは9だけど、あくまでも通常スキルだし元の世界で完成品を知っていても、作り方までは知らないものも多いからな。そうなるとスキルでどうにかなる部分を除いては手探りだからなあ」

何かを作る際はトライアルアンドエラーの繰り返し。

天才であるエリオダルトだって失敗作を幾つも作っていたのだし、俺は元の世界の知識があるだけの凡人錬金術師なのだから当然の事だろう。

アクセサリーならばある程度効果を狙った形にしたり、素材によって付与される効果もある程度決まっているんだけどなあ。

「そっか……そうなんだねえ。生徒さん達は幸せだね。イツキにこれだけ思われてるんだもん」

「そうか？　臨時とはいえ教師なんだし、生徒の事を考えるのは当然だろ？」

元の世界でも教師はこれくらい頑張ってると思うぞ？

宿題のチェックやテストの採点などもかなりの数をこなさねばならず、休みの日なのに部活動の顧問などもしなければならないんだしさ。

「そうかなあ？　イツキの事だし、きっと必要以上に――」

ぐぅぅぅぅ……。

「あ……」

「……お腹空《なかす》いたんだな。ほれ。吸っていいぞ？」

「あ、うん……ありがとうございます。うう、良い感じにイツキの優しさについて語ろうと思ったのに台無しだあああ！　あむっ！」

俺が指を差し出すと顔を真っ赤にして涙目になりながら口に咥《くわ》えて牙を僅かに突き立てて血を舐《な》め吸う七菜。

恥ずかしがって力加減を間違えないか心配であったが、僅かに痛みが走った後にそこをなぞるように舌が這《は》い、あっという間に痺《しび》れるように痛みが無くなっていく。

「あむ……ちゅる……んく……」

流れ出る血を僅かでも逃さぬように舌を絡ませ、唾液と血が混ざり合う様にぴちゃぴちゃと音を立てながら、恍惚《こうこつ》とした表情を浮かべている七菜。

「ん……ちゅぴ。はぁぁぁぁ……美味しかったです！」

「お粗末様でした」

「……イツキ。自分の血をお粗末とか言わないでよ」

「ただの常套句《じょうとうく》だよ」

流石に自分の血をお粗末だとは思ってないって。

しかし……相変わらず腹を空かせて血を舐める時はエロい顔をするよなあ。

「……イツキ。何かやらしい事考えてるでしょ」

「……考えてないです」

「嘘。イツキが敬語になる時は怪しい時だよ！　イツキのエッチー！」

エッチなのはお前もだろうが！　と、言いたくなったが大人で空気の読める紳士の俺は黙っておくことにする。

「エッチ！　イツキは本当にエッチだよ！　あ、今日はそういうことはしないからね！　全くもう！　イツキのエッチ！」

……黙っているのをやめようかと思わせてくれるなあ。

本当にエッチなのは誰かという事を懇切丁寧に例題付きで教えて差し上げるとどうなるのだろうか？

「はあ……全くもう……。あれ？　これはイツキのご飯？」

「ん？　ああ、何時《いつ》の間に……ウェンディかな？」

何時の間にやら作業台の方ではなく、ソファーの傍《そば》のテーブルの上におにぎりと汁物が置かれていたようだが、香水作りに集中していて気づかなかったな。

「おにぎりと……豚汁かな？　もう冷めちゃってるみたいだけど……」

「ウェンディの料理は冷めてても美味《うま》いよ」

「あー……豚汁は冷めててもあちちでしたか」

あちちて……。

お前の世代が使うどころか、俺の世代でも使わないぞ……。

「それにしてもおにぎりと豚汁かあ……夜食に最高の組み合わせだね！」

「だな。贅沢を言うのであれば、焼きおにぎりだと格別かなあ」

「それは本当に贅沢だよ！　異世界でおにぎりと豚汁が食べられるだけで最高でしょうが」

まあ、好みの問題と言うかより好きなものというだけだけどな。

勿論気分によっては普通のおにぎりの方が好きなんだけど、残念ながら昆布や明太子《めんたいこ》はアインズヘイルは海から遠いから望めないからなあ。

「それにしてもおにぎりと豚汁かあ……」

「……血だけじゃ足りなかったなら食べるか？」

「あ、そういうのじゃないよ!?　というか、イツキにってウェンディさんが愛情込めて作ってるんだから、私は食べられないよ！」

「気にすることもないと思うけどな。おにぎりは二つあるし、一つ食べて良いぞ。まだ血の効果もあるだろう？」

「本当にそういう訳じゃなかったんだけど……食べていいならいただきます！」

うんうん。おあがりよ。

俺達には貴重な元の世界の味という事もあるが、七菜は俺なんかとは比べ物にならない程に元の世界の食事を味わえなかったのだから、食べたいと思ったら食べなさい。

「あむ……ん。中身そぼろだー！　牛肉～！」

おにぎりの中身はどうやら牛そぼろであったらしい。

あまりに七菜が美味そうに食べるし俺も少し腹が減ったし食べさせてもらうとしよう。

「なんかさなんかさ、おにぎりの中身がお肉だと豪華な感じがするよね」

「その気持ちは分かるなあ。唐揚げとかも結構合うんだよな」

高カロリー爆弾だけど、そういうのこそ美味いから困るんだよなあ。

そしてウェンディの作った牛そぼろがまた美味い……。

勿論冷めてしまってはいるのだが、じゅわっと牛肉と甘辛いそぼろの旨味《うまみ》が次の一口を誘ってくる。

「分かるー！　私の家はねーなんととんかつとかも入ってた事あるんだー！　まあ、夕飯がとんかつだっただけなんだけどさあ。お母さんが………あ」

「っ。お、おい大丈夫か？」

「あー……」

突然七菜の赤い瞳からつーっと一筋の涙がこぼれ落ちていく。

涙がこぼれ落ちながらも茫然《ぼうぜん》としてしまっている七菜と、慌てふためく俺。

「あはは……ごめんごめん。なんか……そういえば受験の時にお母さんがおにぎり握ってくれたなーって思い出してさ……。もうお母さんのおにぎりは食べられないんだな……って思ったら、突然……溢《あふ》れたぁ……」

無理矢理に笑みを浮かべながらも、段々と涙が溢れこぼれ落ちていく七菜。

「……そっか。お母さんの事大好きだったんだな」

七菜はこっちの世界に来た時はまだ10代、こっちの世界で十数年は経過しているとはいえそのほとんどを寝て過ごしたので精神年齢は変わりないのだろう。

「うん……喧嘩《けんか》もいっぱいしたけど、大好きだったぁ……」

俺はもう自立をしていて一人暮らしも長くたまにしか実家に帰っていなかった上に大人なので懐郷の心は薄いのだが、七菜にはきついよなあ。

先ほどよりも堰《せき》を切ったように涙が溢れこぼれ落ちていく。

「大好きってもっと言えば良かったよお……」

無理矢理の笑みも作れなくなった七菜をそっと抱き寄せると、七菜はしがみつくように俺のシャツを掴み、顔を胸元へと当てる。

「うあああ……私……お母さんより、早く死んじゃって……」

シャツがじんわりと濡《ぬ》れ、七菜の感情が溢れてとまらない。

普段あれだけ明るく天真爛漫な七菜とのギャップが凄《すさ》まじいが、驚きはしない。

この子は優しい子だからな。

だから俺は、そっと七菜の頭を撫《な》でる。

「……七菜は悪くないよ。どうしようもない事だったんだろう？」

七菜の年で亡くなるって事は、事故か病気かそれとも……だがどれも、どうする事も出来ない突然の事だったのだろう。

誰が悪いという事は無い。

誰にだって死は突然降りかかる恐れがあるのだから。

「ひっ、子供……がね……車道に飛び出して……危ないって思ったら……体が動いてて……気づいたら……その子供が車道の外で驚いた顔をしていたから……大丈夫だったんだ……って……でも、私は……」

「……子供を助けたのか。偉いな七菜は」

思わず体が動いたなんて凄いじゃないか。

誰にだって出来る事ではないし相応《ふさわ》しい死なんてものはないけれど、七菜らしいなと思ってしまった。

「でも……お母さんとお父さんよりも先に死んじゃうなんて、親不孝者だあ……」

「……じゃあもしこうなるって分かっていたら、助けずにいられたのか？」

「ずずっ……無理ぃ。多分、体動いちゃう……」

「だろうなあ……七菜は優しいからな。ご両親もお前も辛いと思う。悲しいとも思う。でもきっと、七菜は優しい子に育ったって、ご両親は誇らしく思ってくれてきっと前を向いてくれるよ。だから今は……思いっきり泣きな」

「うう……あ、わあああああん！」

幸いにもここは地下室だから大きな声を張り上げるといい。

きっと、俺以外にはその泣き顔も泣き声も聞こえないだろう。

元の世界へ戻れない……こればかりはどうする事も出来ないから。

だから今は全てを吐き出すように思いっきり泣いてくれ。


「ぐずっ……ああー……泣いたー」

「泣いたなー。目が真っ赤だぞ」

「それは元々赤いもん……」

黒目の部分じゃなくて、白目の部分の話な。

「ああー……イツキのシャツ涙でぐちゃぐちゃだあ。ごめーん」

「鼻水もついてると思うぞ」

「う、そういう事は言わないでよー！」

いやだって泣き終わった後のお前の顔ぐずっぐずだったしなあ。

せっかくの美人が台無しになってしまうんじゃないかと不安になったんだが、流石は『祖』。

半端ない回復力で擦《こす》りすぎた目元が回復し、白目の赤さも引いて行ってしまった。

「……今更になって、親の愛情深さに気づくなんて申し訳ないよねえ。もっとありがとうって、感謝を伝えていればって後悔ばっかりだあ」

「そういうもんだよ。親の愛は無償の愛ってな。見返りを求めちゃいないさきっと」

「イツキは大人だねえ……」

そりゃあお前や隼人に比べたら大人だからなあ。

年の差は僅かだが、学生と社会人じゃあ色々経験する事の多さが段違いだからな。

まあ、おいおい大人になるにつれて分かっていくもんだよ。

「……すっきりしたか？」

「うん……。すっきりした。ありがとねイツキ」

「俺は何もしてないというか、何も出来なかったけどな」

「……そうでもないよ？　イツキが受け止めてくれたから、全部吐き出せたんだと思うしね」

先ほどの無理矢理笑みを浮かべるのではなく、穏やかな笑みを浮かべる七菜。

……どうやら、ある程度は飲み込める程に落ち着いたらしい。

「お母さんたちにもう会えないのは本当に悲しいけど、イツキと出会えて良かったよ。多分一人だったら耐え切れなかったもん」

「耐え切れなかったら、闇堕《やみお》ちしてたのかねえ？」

「どうだろう？　自暴自棄になってはいたかもね。そして隼人に討伐されると……」

「あいつにこれ以上重しをつけてくれるなよ」

「だ、大丈夫だったんだから大丈夫だよう！」

そうだな。そうならない未来で良かったよ。

それにきっと、自暴自棄になってもお前は誰も傷つけられないよ。

「んっ！　はぁ……もう大丈夫。せっかくの新しい生《せい》だし、異世界だし楽しまないと損だよね」

「そうだな。俺もそう思うよ」

「イツキは寂しいとかないの？　もし寂しいなら泣く？　おっぱい貸してあげようか？」

「寂しくないが借りられるなら借りるぞ？」

「……それは駄目でしょ。イツキのエッチ」

駄目なのか……俺の胸を一度貸したのだし、等価交換という訳にはいかないのか。

「まあ俺は大丈夫だよ。親の愛に勝る程の愛情を常日頃から感じているしなあ」

「ウェンディさん達からって事ね。それにしては気が多いよねえ。それだけ愛情を向けられてるくせに失礼だとは思わないの？　私にも手を出してきたし……」

「あれは……お前も乗り気だったろう？　覗《のぞ》きまでしておいて……」

「だ、だってそれは見ちゃったんだから仕方ないじゃん！　それにイツキのイツキが私のせいでシャキーンってなってたし……。あと、初めてだから優しくしてっていったのにあんなに激しく……激しく……」

ちょ、思い出してぽーっとするんじゃない！

今日は駄目だぞ？　生徒達の為に試作品を完成させなきゃいけないんだからな？

おっぱいは貸せないんだろう？　このままだと借りちゃうぞ？

とりあえず、ウェンディの作った冷めても美味しい豚汁を飲んで正気に戻れ！

この後、辛うじて正気を取り戻した七菜が、俺の顔を見るなり恥ずかしがって地下室を勢いよく出て行くと隣の部屋から勢いよくお風呂に飛び込んだ音が聞こえたのであった。

ふっふーん！　今日の俺は一味違う。

香水の作り方はマスターしたし、俺オリジナル香水も七菜の誘惑に負ける事なく作り上げる事が出来た。

エレガントでローズでヒップな出来上がりの、高級感溢れる仕上がりながらも、あくまでも自然でふんわりとした優しい香りの自信作だ。

こいつを引っ提げて生徒達に披露すれば俺の信頼は回復すること間違いなし！

各種材料から取った精油もあるので、これを基にすれば生徒達も分解を用いて簡単に精油を作れるようになるだろうし、リートさんからいただいた秘宝のオイルスライムまで揃《そろ》えているのだから間違いない！

更にもう一つ、かなり使えそうなものも用意したしな！

もう自信満々よ。前回下げた俺への信頼も回復すること間違いなしだろうな！

「せんせー！」

「せーんせ！」

「んー？　ぐぇ」

後ろから声がしたので振り向くと姿は見えず、なぜか衝撃が両脇腹を襲ってくる。

下を確認すると腕を回して顔を俺の体につけており、二つの似た顔がこちらを見上げるようにしてニカッと笑っていた。

「おっはよー！」

「おはよ～！」

「……はいおはよう。それより不意打ちをかますなよ。ほれ、離れろ離れろ」

「「あははは～。は～い！」」

こちらが困った顔を見せたので満足したのかすぐに離れてくれる。

しかし若者は朝から元気だね。

おじさん……ではないと自分では思ってはいるが、10代とはやはり違うなあと思ってしまうね。

「ぐぇ、だってー」

「変な声出してたね～」

「お前らな……いきなり抱き着いてくるんじゃないよ」

「えーやだったー？」

「嫌なわけじゃないけどな。子供子供している年でもないんだから、そういうのを異性に気軽にやっちゃいけないの」

子供だとは思うが無邪気に抱き着いてくるような年ではないだろう？

「えーでも、せんせーは私達の師匠だよー？　師匠なら最早《もはや》身内！　だから大丈夫だと思うよー」

「大丈夫じゃないの。それに師匠じゃなくて先生だからな？」

「どっちも変わらないよ～」

いや変わるよ……。

先生と師匠が一緒だと、教師は弟子がとんでもなく多くなってしまうじゃないか。

先生は学園で多くの相手に教える立場の者であり、師匠はほら人生をかけて専門的なことを集中してしっかりと教え込む相手というか……。

そこまで遠い存在ではないのだけれど、ここで師匠と認めてしまうとお前達は師弟だからーとか軽いノリで俺の家に押しかけて来そうで怖いんだよ。

まあ、今は香水を専門的に集中して教えるわけだし、師匠といえば師匠ともとれるんだよな……。

「はぁ……まあいいか」

「おお！　師匠公認になったー！　じゃあ一緒に教室いこー！」

「あ、ラズずるい～！　せんせ、私といこ～！」

「いやだからくっつくなっての！」

今さっき注意したばかりだよな？

はーいって良いお返事してたよな？

あと、ラズは自分の胸に備える二つのおっぱいにもう少し気を使いなさいな……。

若いからってそんな形が潰れる程押し付けたり無茶していると、後々後悔することになるんだぞ！

「なんかせんせーってくっつきたくなるんだよー」

「ね～！　不思議な感じだよ～」

「意味が分からんのだが……」

なんだそれは。人恋しいお年頃にはまだまだ早いんじゃないか？

「私達もわかんなーい！　あ、そういえばせんせーって意外と鍛えてるんだねー」

「ね～意外だよ～」

「お腹に触るなよ……。……そりゃあな。６人の恋人に失望されないようにお腹がポッコリしないように気を付けてるんだよ」

異世界の食べ物が！　異世界の食べ物が美味しいからなあ！

異世界の食材に元の世界の調理法とか醤油《しょうゆ》とか味噌《みそ》を合わせたら駄目だと思う。

相性が良すぎてついついお腹いっぱいになるまで食べてしまうのだもの！

「おー。努力家だー」

「マメな努力がハーレムの秘訣《ひけつ》～？　せんせって、女好きなの～？」

「誤解があるようだが……別に女好きだから６人も恋人がいるわけじゃないからな？　全員を全力で愛した結果そうなっただけだからな？　数が多ければいいとかそういうんじゃないからな？」

別に俺はそういう……なんというか、女性にだらしないだとかって訳じゃないと思う。

しっかりと倫理観は持っているし、常識だってわきまえている。

だからこそ、アイナ達にも想《おも》いを告げられるまでは手を出さなかったのだし、そりゃあ他にも手を……って、ん？　なんで止まったんだ？

まとわりつかれたまま止まられると進めないいんだが？

「せ、せんせーって何で恥ずかしがらずに愛してるとか言えるのー……？」

「愛してるが自然に出てるよ～っ！　もっと恥ずかしがろうよ～！」

ん？　なんだなんだ？

俺を恥ずかしがらせたかったのか？

愛してるくらいで照れるなんて、やはりまだまだお子ちゃまだなあ。

「恥ずかしがる理由が無いからな。言葉にしないと伝わらない事なんて、世の中沢山あるんだぞ。大切な人にしっかりと想いを伝えることを、恥ずかしいとは思えないだろ？」

「お、おー……今まで見たことが無いタイプだよー」

「せんせはよくわからない格好良さがあるよ～！　なんで6人も恋人がいるのに微妙に誠実に思えるんだろ～？」

「そりゃあお前、事実誠実だからだろ？」

「「それはない!!」」

えー……確かに少し調子に乗ったかもしれないけれど、なんで断言するんだよ。

なんで普段みたいに間延びした口調じゃないんだよ……。

そう出来るなら普段からそうしなよ……。

「私の勘が告げてるよー。きっと6人以外にも手を出した女性はいるはずだよー」

「きっと雰囲気とかには流されたり、真っすぐに想いを伝えられたら応えちゃう人な気がするよ

～」

「つまり、押しに弱いタイプだよー～」

「…………ハズレダヨー？」

「あ、あと嘘が下手くそだよー～」

「……」

別に嘘が下手くそなわけじゃないと思うよ……。

ただちょっと、集中していないと土壇場の機転がきかないというか、慌てているときや突然予想だにせず図星を指されたときに弱いだけだと自己分析する。

「ほらほらせんせ！　図星だからって落ち込まないで～」

「せーんせー！　早く教室いこーよー！」

「……そうだな。教室行って、早くお前達から離れたい」

「酷いよー～！」

全然酷くないよー。

だからさっさと離れろよー！　ぎゅーじゃないんだよ。余計にくっついてくるんじゃないよ！

歩きにくいし注目を浴びている事に気づいて欲しい。

まだ錬金科の教室からは遠いので、色々な学科の生徒達から見られてるのに早く気づいて！

あ、ほらなんか男子生徒が俺の事睨《にら》んでるから！

多分貴族だと思うのだけど、もしかしたらお前達二人に好意を寄せている青年かもしれないから早く離れてくれ。

「ほら。もう教室だぞ？　離れろ離れろー」

「まだ遠いよー！　あとせんせ、動じなさすぎだよ～」

「もうちょっと反応してくれないと自信が無くなるよー……」

「悪いがお子様には興味ないからな」

「「お子様じゃないよー～！」」

いやいやお子様だよ？

この世界の基準だと違うのかもしれないが、俺の倫理観は元の世界基準だからな。

まあ流石にシロよりは大人だとは思うけどな。

「むうー……なんだか悔しいよー」

「むう～……子供扱いされてるよ～」

「ほら良いから行くぞ。今日は色々覚えて貰わないといけない事も多いからな」

俺がリートさんから教えて貰い、自分で調べ、更にはあったらいいなと思うものも仕入れてきたのだから今日は忙しいんだよ。

「……クラン。私は決めたよ」

「ラズ。私も同じ気持ちだよ。これは……せんせを照れさせる作戦開始だよ～！」

「「おおー～！」」

「……いやそういう話はくっつきながらするなよ。あと多分照れないし……」

何をされてもきっと、子供らしいなあで終わっちゃうと思うから始めからやめとけって……。

「じゃあじゃあせんせー！　今日の放課後予定ありますかー？」

「放課後？　普通に授業が終わったら帰るだけだけど……」

早速作戦か？　何か仕掛けてくるつもりなのか？

「じゃあじゃあせんせ！　付き合って欲しいよ～！」

「……悪いが、俺は先生だから生徒であるクランと付き合う訳にはいかないんだ。ごめんな」

「そ、そういう付き合うじゃないよ～！」

まあそれくらいは分かっているが、お約束かなと。

なんだかペースを持って行かれると怖い気がするからな。

「んで、何処《どこ》に付き合えばいいんだ？」

「お買い物ー！」

「お花を見に行きたいんだよ～」

「お花？　ああ、香水の香りの参考にしたいのか。構わないけど……」

「やった～！　じゃあじゃあ放課後をお楽しみにだよ～！」

「放課後デートだよー！」

デートではないと思うんだが、まあ……いいか。

あ、でも貴族のご令嬢を二人連れて歩くのって大丈夫なのか？

俺、クソ弱いから何かあったら守れ……あ、シロいるのか。

もしかして……と、探して天井を見上げたら隙間が空いておりさっと逃げた際に白い尻尾が見えましたわ。

陰ながら見守っていてくれたんだな。ありがとう。

まあ、シロがいるなら大丈夫だろう。

……あれ？　今日王都に座標転移《ポイントゲート》で来た時、シロいたっけな？……ま、まあいいか。

「じゃあせんせー！　放課後！　忘れちゃ駄目だよー！」

「忘れないから離れないか……？」

「それも駄目だよ～！」

駄目なのか……。

なんとなくシロから不満げなオーラを感じる気がするんだが……俺の意思じゃない事は理解してくれている……よな？

教室に入り授業開始ギリギリまでくっついていたラズとクラン。

その様子に当然クラスメイト達は疑問に思った事だろう。

俺も疑問だったから安心して欲しい。

でも……あれだ。好意からではなく、悔しさから来ている対抗心のようなものだと分かったのは俺だけなんだろうな。

で、だ。

授業が始まってからは打って変わってラズとクランも含めて皆真面目。

リートさんから学んだことの全てを黒板を使って説明するのに一時間分を費やしてノートを取らせ、俺が事前に用意した各種のオイルの見本についても説明し終える。

最初の香りであるトップノートの事や、少し時間が経《た》ってからの香りであるミドルノート。

最終的な香りとなるラストノートについて、同じ香りが継続するシングルノートの事などもきっちり説明をしておいたとも。

……まあ、リートさんからの受け売りなんだけどさ。

「おおー……この子のおかげで貴重なオイルが手に入るんだねー！」

「可愛いよ～。でも、指で触ったら指の脂がついちゃうから気を付けないとだよ～！」

と、俺がリートさんからいただいたオイルスライムについても説明済みである。

幸いな事にこの休みの間に各々材料になりそうな素材を集めていてくれたとの事で、俺はその素材を使って見本となるオイルを生成しているところ。

見本があると錬金スキルでの分解がやりやすくなるからな。

きちんと分解した際に分けるものを認識することで、成功率が上がるのは実戦済みなのでこのくらいのサポートはしておこうと思ったのだ。

生徒達はわあきゃあと楽しそうに調香を行っているし、とりあえず今はクオリティも大事だが作る事に慣れる事が大事だよな。

「せんせー！　こっちとこっちとこっち、どの匂いがいいー？」

「あ、私のも～！　こっちとこっち～！」

「ん－……どれどれ」

ラズとクランが早速作ってみた香水を付けてやってきたようだ。

両腕を出して匂いを嗅がせてくるので、顔を寄せ手首のあたりの香りを嗅ぐ。

……女学生の腕の匂いを嗅ぐ教師……いや、これも仕事。むしろこれが仕事なのだからしょうがないよな。

「へえ……優雅で上品な香りだな。ベースは何を使ったんだ？」

「ん～っとねえ－！　マグノーリアっていうお花なんだよ～！　右も左もどっちもマグノーリアベースなんだよ～！」

「せんせー！　こっちもこっちもー！」

「ん、ラズのはベリー系か？」

「そうだよー！　ラズールベリーとクランブルーベリー、それにストロングベリーだよー！」

なるほどなるほど。

確かに甘酸っぱくて女の子らしいいい香りだ。

ただ、シングルノートで単一の匂いとするには少し強いか？

少し経った後に香るミドルノートに薔薇やベイリーフなんかが出てくるようにすると、ちょうどいいかもしれない。

そういえば、アイリスなんて花もあるんだよなー。

あれ？　ラズの右手がクランブルーベリーで、左手がストロングベリーなのはわかる。

しかしラズールベリーはどこだ……？　と思っているとニカッとラズとクランが笑う。

「ラズールベリーはーここだよー！　ここを、くんくんするんだよー」

「……あのなあ」

ラズが指さした先は、制服の胸元を開いた胸の谷間だ。

そこを男の俺が嗅ぐのは流石に絵面《えづら》がまずいだろう……。

んんー……とはいえ、香水は汗で匂いが大なり小なり変わってもくるものだ。

おそらく、あのおっぱいでは汗をかきやすくもあるだろう。

そういう名目でというのならば、これも仕事だと割り切ろう。

「仕方ない」

「「え!?」」

ああ、この香りも甘酸っぱくて小悪魔のようで素晴らしい。

だが、少し落ち着く匂いも混じっているな……。

確かリートさんの話だとラズールベリーにはジャスミンの香りが合うって言っていたのを生徒達にも話したし、その香りかな？

「個人的にはこれが一番いいな。ただ、ラズールベリーだけじゃなくてクランブルーベリーの香りも混ぜた方が、もっと華やかになると思うぞ」

「あー！　ああー!!　嗅いだー！　遠慮なく嗅いだー!!」

「いや、嗅げって言ったよな……？」

「そうだけど～！　乙女の胸元の匂いを嗅ぐのにどうして躊躇《ちゅうちょ》しないんだよ～！」

「仕事だからな」

「そんなお仕事はないよー！　胸の匂いを嗅ぐのはお仕事じゃないよー！」

そんなことを言われてもな……。

くんくんするんだよーとか自分で言ってたじゃないか。

香りのように小悪魔になるには、まだまだ経験不足が否めないぞ。

「うわ～！　ラズのおっぱいがせんせに蹂躙《じゅうりん》されたよ～！」

「じ、蹂躙されてはないよー!?　クラン変なことを広めちゃだめだよー！」

ぴゅーっと走り去ってしまった二人が、クラスの皆のもとに戻る。

おいおい……と思っていると、皆笑顔なので一連の出来事は知っていたか見ていたのだろう。

あーあークラスメイトにまで嗅がれる真似をされて恥ずかしがっているし……。

まあでも、作っている最中は集中していて真面目だからいいか……。

どうか隣のクラスから苦情が入りませんようにと願うばかりである。

「ううう～……作戦失敗だよ～」

「次はクランの番だよー！　ほら！　お尻出してー！」

「絶対効かないよ～！　だからお尻は出さないよ～！」

……あいつらは一回お説教だな。

真面目に香水を作りなさいよ香水を。

お尻に香水を付けて俺に嗅がせるか嗅がせないかで白熱してるんじゃないよまったく……。


さて、一日の授業が終わったので帰ろうかと思ったら呼び止められた。

ええー……早くお家に帰ってウェンディ達と戯れたいんですけど……恋人成分が足りてないので帰っていちゃつきたいんですけどぉ……。

「せんせー！　放課後はデートだよー！」

「お花屋さんに行くんだよ～！」

ああ、そういえばそうだった。

約束したならしょうがない。じゃあ行きますか。と、王都にある一番大きな生花店を訪れる事にしたんだが、案の定二人共外でもくっついてくるのな。

姿は見えないが護衛をしてくれているシロから、どこにいるか分かるようなむうっとした視線を感じるが二人は気づいていないだろうなあ。

「おおー！　お花がいっぱいだよー！」

「せんせ！　色々見て来るね～！」

「おーう。俺も何か見てるから、勝手に店を出るなよー」

しかし、見覚えのある様なないような花が多いなあ。

お、これチューリップかな？……キスリップ？

チューがキスって事か？　なんとも日本人向けな名前ですこと。

この世界の物の名前って誰が付けてるんだろう……？

「お客様何かお探しですかー？　女性へのプレゼント用ですかー？」

「あ、大丈夫でーす」

店員に話しかけられてしまったが、元の世界でスルースキルを高めていたから問題ない。

ちょっと見たいだけの時程話しかけられるんだよなあ……。

それがお仕事だし、迷惑とは思わないがゆっくりじっくり色々見たい時もあるから顔も視《み》ずに断ってすまないな。

「こちらのダンデは立派ですよ！　あ、お目が高い！　そちらはデイレインボーです！　今日は青ですが、明日は違う色になりますよー！　ちなみに、薬効もあったりします！　今出ているだけですよ！」

……この店員、手強《てごわ》いな。

大体は雰囲気から察してくれるものなんだがな……。

「あ、もしかしてお連れのお二人さんへのプレゼントですか？　お二人共可愛らしかったですもんねえ。もしかして、ああいう子がタイプでした？　双子を同時に頂いちゃいたい感じですかねえ？ちなみに私はお姉ちゃんがいますよ」

いや、それはちょっと店員の領域を超えているだろう。

ここは一つガツンと言ってやらないと……と思って店員さんの顔を見たのだが……えぇー……。

「……なにしてるの？」

「え？　普通にお仕事中ですけど？」

イエイ！って感じでダブルピースをしてキメている失礼な店員さん。

「案内人さん……花屋さんの店員もするの？」

まさかまさかのこんなところで案内人さんだよ。

まあ普通の店員があんなこと言う訳ないし、結果だけ見れば納得の相手ではあるんだけどまさかここで会うとは思わずびっくりしたわ。

「ご依頼がありましたからね。そりゃあお花屋さんもやりますとも」

ユートポーラでは案内人さん、ロウカクでは踊り子だったよな？

今日の恰好《かっこう》は健康的なポニーテールでタートルネックにエプロン姿の花屋さんらしい姿で、なんか清楚《せいそ》ぶっている気がするが、悔しいかな似合っている。

「いやあまさかこちらとしてもお客さんが美少女二人を侍《はべ》らせてお花屋さんにやってくるとは思いませんでしたよー！　お客さんやりますねえ……あれだけ美人な恋人達がいるのにまた随分とお若い子に……お好きですねえ」

「言い方やめい。別に侍らせてなんてないだろう」

「いやいやいやそれは無理がありますって。ぎゅーって二人にくっつかれながら来店して来た時点でおやおやーですよ？」

おやおやーって……一応真昼間だから言葉を濁してくれた配慮には感謝するが、案内人さんは俺の事を一体何だと思っているのだろうか？

なんか俺＝性的な～～と思われている気がするが心外だよ！

「あのなあ……あいつらは俺の生徒。そういう関係な訳ないだろう？」

「え？　お客さん今先生をやってるんですか？　錬金術師で大層儲《もう》けていましたよね？」

「あー……説明するの面倒臭いな臨時だよ臨時」

「面倒くさいとかナチュラルに酷いですね……。なるほど。私みたいな感じな訳ですね。え、じゃあ先ほどのお二人は本当に生徒さん？　生徒さんを抱き着かせて街を歩いて来たんですか……？」

「なんで俺がそう仕向けたかのように言うのかな？」

「え、一人はなかなか有望なおっぱいでしたし違うんですか？」

「違うよ！」

どういう基準だよ！　ラズがなかなか有望なおっぱいだというのは認めるが、だからと言ってそれで先生にくっつけ！って最低な変態じゃないか！

え、俺案内人さんから変態に思われるような事をした覚えは……あー……いっぱいあるな。

ユートポーラでは混浴について熱く語り、ロウカクでは踊り子のお店でたっぷり接客してもらったし、あやうくＶＩＰルームにまで行きかけてたな……。

うん。まあそれは置いといて心外だな！

「うーん……冷静に考えてみて、臨時教師が生徒と放課後にお花屋さんに来るのって、ほぼ逢引《あいびき》き以外ありえなくないですか？」

「……」

「新任教師との蜜月『駄目……先生……教室だよ？　誰か来ちゃうよ』かあ」

「何のタイトルのつもりだ!?」

「いやあそういうエッチィ本とか定番かなと思いまして」

んんんっ！　俺は大人だからね。そういう類のものがある事は知っているけれど、現実と空想は別物だからね！

あとこっちにもそういう本ってやっぱりあるんだな……流石、異世界でも需要が高いんだなあ……。

……ちょっと今度探してみようかな。

興味がある訳じゃあない。あるわけじゃあないんだが……異世界のそういうのってどうなのかは気になるじゃない。

うん。だから、ちょっとだけ探してみようと思う。

だが、今はまずやるべきことがあるんだった……。

「よし分かった。きちんと1から全部説明する。よく聞いて言葉通りに受け止めて理解してくれ！」

案内人さんを相手に面倒くさがった俺が悪かった。

多分きっとからかわれているだけだとは思うが、このネタは潰しておいた方がきっと後々楽だと思うのでしっかり潰しておこう。

「はあ……なるほど。エリオダルト卿《きょう》への依頼を代わりにお受けしたんですか。なんでそんな所とも親密な繋がりがあるのか、お客さんの有能性を改めて驚愕《きょうがく》と確認出来たことは嬉しいですが、生徒達の自立と卒業の為に香水作りをしており、その材料を求めてやって来たと……」

「そうだよ……」

「つまり、良いのがあれば大量購入する予定という事ですよね？」

「……ああ。そういうことだよ」

「やたぁ！　お客さん最高ですよう－！　私のお給料、歩合制なんですよう－！　お客さんが沢山買ってくれればお給料アップ！　という事で、沢山接客しますねえ～……あ、お触りも良いですよ？」

腕に抱き着きぱいを俺の肘へと押し付けてくる案内人さん。

ラズと同じようにくっついてきているのだが、案内人さんの押し付け方はまさしく俺へのサービスでわざとなので圧が強い。

そして相手が大人であるとその圧に弱い俺……。

いや、俺が弱いのではなく全男性の弱点だと思いたい。

腕に押し付けられるぱいの感触に抗《あらが》う事など出来ないのが普通なのだ。

「んふふふ～。あれだけ恋人がいても、相変わらずこれに弱いんですねえ～」

「分かってるなら勘弁してほしいんだけど……」

「ええーだって、お客さんてばそんな事言っても喜んでるじゃないですか～。それに、私がお金も頂かずにサービスするなんて、本当に珍しい事なんですから大いに楽しんでくださいよ～」

「……それは花を売ればお金が入るからだろう？」

「いやだなあ。こんなサービスしなくても、お話通りなら買ってくれるじゃないですか。それに……前回お伝えしましたでしょう？　次回を楽しみにしている……と」

っ！　そういえばロウカクにある『Ｓｈａ　Ｌａｌａ』の店で別れる際に言われたな。

あの時は雰囲気も相まって上手く乗せられただけ……と、思っていたのだが本当に……？

「……あ」

「ん？」

「な、なーんて！　冗談ですよー冗談ー！　あはは一お客さんったら可愛いですねえ～！」

な、なんだなんだ？

突然演技臭く先ほどまでの事を冗談だと言い俺からぱっと離れたのだが何が……あ。なるほど。

「シ、シロさんが来てるなんて聞いてませんようっ！　あの人超強いですし、お客さんの為なら容赦なさそうだから怖いんですよう！」

と、小さい声で俺に訴えかけてきたのでシロがいるから、急遽《きゆうきよ》冗談だと舵《かじ》を思い切り切った訳か。

というか、隠れて護衛をしているシロに気づいたのか案内人さん。

やはり、結構強い人なんだよなあ。

「あー怖い……街中で遠慮なく殺気を飛ばすなんて……しかも私だけに伝わるようにとか本当に恐ろしい……」

そして結構強いはずなのにそんな案内人さんに物凄く恐れられるシロよ……。

いや、だが色々未遂で助かった。

未遂なのだから、ウェンディ達への報告はどうか控えて欲しいです……。

「はあ……仕方ありません。今回はまた諦めて、真面目にお仕事しますかあ……」

「そうしてくれ……。あと、花なら色々見るだけだから付きっきりじゃなくて良いからな」

「おや連れない。良いんですかあ？　私……お客さんのお役に立てる良いもの持ってますよ？」

なんとも企み顔《たくらみがお》が似合いますねえ案内人さんや……。

しかも良いもの……って、きっと本当に良いもので俺はきっとそれを買ってしまうんだろうなあ……。

悔しい感じがするので、よっぽど良い物じゃあない限り買うのは控えよう。

「……なんだよ」

「香水を売るんですよね？　でも、それ一辺倒だと面白くなくないですか？」

「面白くないって……香水だけでも十分だと思うけどなあ」

「いやいや。商売はそんなに甘くはないですよ？　いざという時に備え、別の手次の手も考えておくことは大事ですよ」

……その意見には同意する。

だが、別の手や次の手と言われても現状は香水を作るだけで精一杯だし、関係性の薄い物だとそれにかける時間などないのだが……。

「……もったいぶらずに何か教えてくれよ」

「仕方ないですねえ！　では御開帳！」

……タートルネックの首元からぱいの方へと手を入れてどこを御開帳する気なんだろうか？　とか考えていると、取り出したのは小さな石……？

手の平に収まるような小さな石なのだが、形は涙型のただの石……って事はないよな？

「ふっふっふ。これは長香石《ちょうこうせき》と言いまして、香りを持続させる効果がある石です！」

「おおー？」

「ふっふっふー。本来はこれに魔物が嫌がる匂いを吹きかけ、街道や村を守るのに使うものなんですけどね。ですが、これを布袋に入れ、香水を一拭き……すると、香りが長続きする訳ですよ！それを持ち歩いても良いですし、部屋に置いておくだけでも使いようはあるでしょう？」

「おおー確かに」

長く香りが持続し、布袋に入れるという事はポプリやアロマディフューザーのように使えると考えて良いのかな？

確かにそんなものがあれば庶民はもっと手を出しやすくなるか……。

「ふふふー！　どうですどうです？　有能でしょうー？」

「確かにな……で、いくらだ？」

「500万ノール」

「高いわ！　買えるか阿呆《あほう》」

それに匂いをつけていくらで売れってんだよ！

効果だっていつまでも続くものでもないだろう？　貴族にだって高すぎて売れないわ！

「まあまあお話は最後まで。流石にこの石一つに５００万なんて言いませんよう。５００万の値段をつけるのは、この石のレシピです」

あー……そういう事。レシピか……なるほどな。

というか、何で今そんなに都合よくレシピも石も持ってたんだ？

案内人さんのぱいには一体どんな秘密があるのだろう？

もしかしてアレですか？　ぱいの谷間に魔法の袋を仕込んでいるのか？

そうじゃなければ今その石の香りはタートルネックの密閉状態でむわむわになった案内人さんのぱい周辺の香りになっているという――いや待て変な妄想をしている場合じゃないな。

「……実は普通に知る事が出来るレシピって事は？」

「ないですね。少なくともこの値段よりもっと高い値段で取引されるものだと保証します」

「言い切るか……」

「勿論。私、騙《だま》す相手は選びますから」

……騙す相手がいるんだなあ。

この子はわざと相手に自分の声を聞かせて有利に働くようにするなど肝が据わっているからなあ……。

「……信用できないのであれば、もし普通に入手出来るか、５００万より安く売られていた場合は全額返金しても――」

「いや。買わせてもらうよ。俺も信用する相手は選ぶからな」

案内人さんは多分騙してなどいないだろう。

確信がある訳じゃあないが、何度かの付き合いでそれくらいの事は分かる気がする。

もし違ったのであれば、俺の見る目がなかったと言うだけの事。

実際『長香石』は使える上に、もし生徒達が作る事が出来れば香水にプラスになる事は間違いないしな。

駄目押しの一手としては上等すぎるくらいだ。

資金は……学園に後で請求書を出してみるだけ出してみるか。

学園にもレシピの開示をするのであれば許されるかもしれないしな。

「おお……温泉の時も思いましたけど、決断力が凄いですよねえ。私的に高ポイントを差し上げちゃいます！」

「ん、じゃあ少し安くして――」

「ああーダメですね。値切りは格好悪いですねえ」

「……ちっ。仕方ないなあ」

おそらく元々かなり安くしてくれたんだろうしな。

レシピにしては随分と安いと思うし、ここは値切らずに買い取らせていただこう。

「毎度ありー！　んんー！　次のお仕事への繋ぎのお仕事だったんですが、思いもよらぬ臨時収入が入っちゃいましたねえ！」

「こっちとしても良いものが手に入ったしありがとうな」

「いえいえー！　んんー……やっぱり良いなあ」

んふふ。と、上機嫌に笑いながらこちらを見つめる案内人さん。

良いなあ……と、わざと聞かせているのだと分かるが、本当に本心が掴めない人だ。

好かれている……とは思うが、前回『好きとまではいっていない』と、言われた通りそれは恋愛的な好きではないだろうなと。

まあ案内人さんとのこのくらいの距離感が嫌じゃあないんだけどさ。

「ふふふ。会うたびに私の評価をあげますねえお客さんは。また儲かりましたし、これはサービスしないとですよねえ……」

「……シロが見てるぞ」

「知ってます。ですが……ちょっとくらいなら……」

と、俺を見上げてゆっくりと顔を近づけて――。

「せんせー！　ちょっとこっち来て欲しいよー！」

「せんせ！　このお花凄く良い香りがするんだよ～！」

「……残念。また次回ですね」

ぱっと離れると同時に、俺の唇へと人差し指を立てて当てる案内人さん。

「次こそは期待していてくださいね。きっと……ご満足いただけるサービスを約束させていただきますので……」

ニコっと笑って俺から離れる案内人さん。

それをぼーっと見送った後、ラズとクランの元へと向かうとすっかり店員モードになった案内人さんが色々手続きをしてくれたのであった。


買い物デート……デートだったのか？　まあ花も買えたしデートでいいのか？　ともかく買い物デートの日以降も香水作りは順調であり、いくつか試作品も出来てきた頃……問題が起こった。

今日は朝から隼人が何やらご機嫌であり、ニコニコと送り出してくれたんだがまさかこういう事とはな……。

「何故貴様がおるのじゃ！」

「ん？　我のお気に入りが学園で教師をしていると聞いたのでな。これは駆けつけねばと思ったまでよ」

「ま、まあまあお二人共。ここは喧嘩せずに仲良くイツキさんの授業を見ましょうよ！」

「隼人卿……貴様も何故いるのじゃ」

「え？　僕はイツキさんが先生をしている姿が見たかったので、正式に学園長にお願いして見学に来ただけですよ？」

教室に入ろうとしてすぐになにやら幻覚が見えたらしい。

教室の扉を開けたら何故かアイリスとシシリア様と隼人がいたんだが、まさかこんな所に三人が揃っている訳も無いだろう。

「せんせー？」

「せんせ？」

いつものようにラズとクランは教室までくっついてきており、教室の扉を開けた後すぐに閉めた俺を心配そうに見上げていた。

うん。気を取り直してもう一度扉を開けてみるか。

「ほーう。英雄までもが懐くのか……ふふふ。やはりあの男、是が非でも欲しいな」

「わらわが庇護《ひご》しておるのじゃぞ。貴様にだけは絶対に渡さん！」

「渡してくれずとも結構。我にはあの男が大好きであるおっぱいがあるからな。あの男と出会うたびに熱い視線を向けられておる。これを使っていくらでも落としようはあるのだよ。貴様は……ああ、ふふふ。憐《あわ》れだなあ……」

「なっ……！　わらわにはないがわらわにはアヤメがいるのじゃ！」

「いません」

「アヤメ!?」

「私がいたからなんだというのですか？　まさか体を差し出せと？　短い付き合いでしたがお世話になりました」

「待て待て！　そうは言っとらんじゃろ！」

「え、イツキさん帝国に行っちゃうんですか？　ええ……それは困りますねえ」

「む？　では隼人卿も帝国に来るか？　我も帝国も大歓迎だぞ？　あの男を手に入れれば隼人卿ま

で帝国に来るのであれば……くっくっく。これは本腰を入れてあの男を手に入れねばならんな！」

「させるかバカタレ！　隼人卿は義姉上《あねうえ》と婚約しておるのじゃぞ!?」

「シュパリエごと我が国に来ればよいではないか。我が国はそのくらいの度量はあるぞ」

「次期国王と王女が他国に行くわけあるかー！」

「あ、あのお二人共落ち着いて？　あ、イツキさん！　良かっ――」

ぴしゃんっともう一度扉を閉じる。

「せ、せんせー？　アイリス様とシシリア様と隼人卿がいたよー!?」

「シシリア様がおっぱいでせんせを手に入れようとしてたよ〜!?」

……そうか。お前達にもアレが見えたのか。

幻覚じゃなかったかー……。

シュパリエ様って、確か国王様の娘さんで隼人の婚約者だったな。

以前一度だけ『王都一武術大会』でお話ししたことがあったっけ。

……隼人って、英雄だけじゃなくて次期国王候補なんだなー……凄いなあー……。

「おい。早く入って来んか。そしてこの乳肉に言ってやれ！　帝国に行く気など無いとなあ！」

しかたなく中に入ることにしたのだが、乳肉って……お前、相手は帝国の皇帝のお姉様だぞ？

外交問題になりかねない発言に、俺を巻き込むんじゃねえ……。

あと、帝国は一度は行ってみたいとは思ってはいるんだよ。

だってあれだろ？　チョクォとラガーがあるんだろう？

チョコとビール……是が非でも欲しい……。

チョクォは持ってはいるが今ある量じゃあ心許《こころもと》ないから、大量に手に入れるには帝国で直接仕入れるしかないんだもん。

「ふふ。久しぶりだな。憐れ乳の小娘の言うことなど気にしなくてよいぞ。ん？　どうした？　ほれいつものように我が胸……おっぱいに熱い視線を向けてくれて構わんぞ？　なんなら、また顔を埋《うず》め我の尻を痕がつくほどに掴むか？　他の者なら打ち首にするが、お主なら特別に許してやるぞ？」

シシリア様!?　何てことを生徒達の前で言うのですか！

しましたけど！　出会ったばかりの頃に顔を埋めて思い切りお尻を掴んで叩いてしまいましたけども！

時と場所を考えてください！　生徒達が目を見開いて驚愕の眼差《まなざ》しを俺に向けているので勘弁してください！

せっかく回復した信頼が地表を穿《うが》つほどに落ちてしまうじゃないですか！

「イツキさん！　えっと、えへへ……来ちゃいました！」

うん。お前はお前で来ちゃいました！　じゃないんだよ隼人？

なんで少し照れながら言うんだ？

イケメンの照れた顔への生徒達からのキャーなのか、別の意味を含んだキャーなのか分からないんだけどきっと前者だと信じてる。

「……それで、どうして三人がここにいるんですかね？」

「む？　そんなもの、わらわが保証した者の仕事ぶりを見るために決まっておろう。それに、わらわは監査の仕事があるからな。ついでに学園で事前連絡なしに監査をしてしまおうと思った訳じゃ」

……お前、それが目的でわざわざ俺を待ち伏せてまで補償するための名前を書きに来たんだな？

俺が今どんな顔をしているかは分からないが、その顔が見たかった！　というような表情を浮かべるんじゃねえ……。

「僕は普通に見学に来ました！」

「そうか……」

「はい！　イツキさんの教師姿をどうしても見たくて、学園長に無理を言ってしまいました！」

晴れやかなイケメンスマイルで爽やかに決めているところ悪いが、俺の教師姿なんぞを学園長に無理を言ってまでどうしても見たいと思うものなのか？

あと、出来れば今日の朝の時点で教えてくれても良かったのでは？

サプライズ？　そういうのは俺が喜ぶことでやってはくれまいか……。

「まあ隼人卿もわらわと同じでお主の身の保証をしておるからな。仕事ぶりを見るのは不思議ではあるまい。……ただ、シシリアが何故ここにいるのかは謎じゃろう。しかも今日は国王《おじうえ》との茶会があったはずじゃが？」

「ふっ、だからそれについては許可は得たと話しただろう？　我がお気に入りが学園にいるから会いに行くと伝えたら、二つ返事で許可をしてくれたぞ？」

「そのお気に入りはわらわのものじゃがな」

「はっ。たかが庇護下においているだけで自分のものとは随分な物言いだな。おお怖い怖い。こんなに怖いと苦労しているだろう？　我ならば、お主を甘やかしてやるのだがな……」

と、しな垂れかかってくるシシリア様。

分かってる。シシリア様はアイリスへの嫌がらせや対抗心と帝国への引き抜きの為に俺にこうしてアプローチをかけていることは分かるのですが、今は教室なんです。

まだまだ思春期の貴族のご令嬢達が顔を覆い隠すふりをして指の間から好奇心旺盛な視線を向けているんです！

教育に悪いと思われるのでこれ以上は……あ、柔らか……これ、いじょ……ふわあぁ……やっぱり大きいってしゅご……やばい、負けそう……。

「鼻を伸ばすな鼻をー！　貴様、ウェンディ達に報告するぞ！」

「はっ！　シ、シシリア様？　場所を考えて……じゃなくて！　離れてください！」

「んん？　お主の身体《からだ》はそうは言ってはおらんようだが……」

男は大体そういうものなんです。

理性を保とうとしても体は喜んでしまうという悲しい生き物なんです……。

とはいえ俺は獣ではなく紳士。時と場合は弁《わきま》えられる強靱《きょうじん》な精神で乗り越えるんだっ！

「いや、あの、本当に……威厳無くなっちゃうから！　生徒達から変な目で見られちゃうから勘弁してください！」

最近ようやく威厳と信頼を取り戻せたところなんです！

今俺、この子達の教師として成り立っている感じがしているんです！

名残惜しいけど、今この場では勘弁を……っ！

「仕方ない。これ以上は授業の妨げになってしまうか」

いやもうそれについてはとっくに手遅れかと。

そりゃあ教室に王族と帝国の皇帝の姉君とイケメン英雄の隼人がいて普段通りにとはいかないでしょうよ。

完全に浮足立ってますもん。

「「むうー～」」

「んあ？　な、なんだ？　どうした？」

「せんせー。鼻の下伸ばしてたー」

「私達がくっついた時は全然だったのに～」

そりゃあお前、お子様とシシリア様の様な大人の女性とでは話が変わってくるだろう？

しかもお前、ほら……シシリア様のおっぱいは……な？

ラズも体の大きさを考えればおっぱいではあるんだが、比べてしまうと……なあ？

というか、だよ。ステータス的にシシリア様に敵《かな》う訳がないから離れようにも俺からは離れられないんだよ！

ぎゅってされたら逃れられないんだよ！

引き剝がそうとするといらぬところを摑んでしまわざるを得ないから満喫……耐えるしかないんだよ！

「む？　お主らベルセン侯爵家の『双星の美姫《びき》』じゃな。久しいな。元気にしておったか？」

「はいーアイリス様もご機嫌麗しくー」

「ご健勝そうで幸いです～」

「双星の美姫？」

なんですかその異名は。

レインリヒの『超常』みたいな感じか？

「なんだ。お主は知らないのか？　我が帝国でもこの二人はその名がとどろくほどに有名であるぞ？」

「そうなんですか？」

え、ラズとクランって有名人なの？

俺が驚いているだけでドヤ顔をしているこの二人が美姫？

俺の勝手なイメージだが、美しいお姫様って慎《つつ》ましくてお淑《しと》やかなイメージだったなあ。

「見れば分かるだろう？　見目麗しい双子星だぞ。王国だけでなく帝国からの婚約の申し出はひっきりなしだろう。だが、父親が娘を溺愛しているそうでな。全て断っているそうだ」

おおお……お父様が溺愛ですか……。

そして、ひっきりなしに婚約の申し出があるという事は、多分きっとこの学園内の生徒達の中にも断られた子がいるんだろうなあ。

……俺、そんな中でこいつらに抱き着かれて廊下を歩いていたのか……刺されるんじゃなかろうか!?

お、おい。ちょっと待て。服を掴むのすら危うい気がするから離れませんかね!? なんでくっついてきた? シシリア様が離れたからってお前達がくっついてきたら授業できないんですけども……。

「ところで、おぬしら随分とそやつが気に入ったようじゃな? そんなにもくっついて……ぬしらが今までフってきた男達が見たら涙を流して悔しがるであろう」

そんなにも、と言われて自分が今何をしているかを確認するラズとクラン。

腕を見て自分を見て、そして俺を見上げたうえで更にくっつくように抱き着いてくる。

「気に入ってますよー。せんせーは私達のせんせーですからねー」

「せんせは面白いんだよ～。予想外が多すぎるんだよ～」

「ふむ……じゃが、そやつはわらわのものじゃ。おぬしらにもわたせぬぞ?」

「「ええー～」」

「……本当に気に入っておるんじゃな。赴任してからまだ日も浅いというのに……誑しめ」

誑してないです!?

日が浅かろうが深かろうが誑しませんし、人聞きが悪すぎる気がするんだけど?

「あははは。流石イツキさんですね!」

何をもってして流石なんだ隼人！

お前も俺を誑しだと思っているのか？

お前だけは……信じてくれると思っていたのに……。

「ほれ。からかうのはそれくらいにせよ。我らの目的はこやつの授業を観察する事だろう？　我も離れたのだから二人も離れて授業を受けるがよい」

「んー……わかりましたー」

「じゃあ離れます～」

そう言うともう一度だけぎゅっとされた後に離れられたんだけど、もうすでに疲れた……お家帰ってゆっくりしたい……。

とはいえ授業はしないとならないんだよなあ……はあ。

くそう。三人とも楽しそうな顔をしやがって……。

「さあ！　お主の仕事ぶりを見るとするかの！」

授業と言ってもほとんど自習なんだが……まあいいか。

内容に文句をつけられても知ーらね。

だってもう生徒達が自主的に調香や実験をしている段階なんだもの。

俺が指導する必要とかないんですよ。

……という事で、俺、暇です！

「こらーサボるでなーい！　さっきの授業からずっと何もしておらんではないかー！」

そんな事を言われても生徒達は自主性が高く、どんどんどんどん試して作ってと進めていくので俺の仕事がないんですー。

案内人さんから購入した『長香石』のレシピも教えてあるんだもん。

素材集めが複雑ではあったが合成自体は簡単な類であったし、生徒達でも失敗することはあれど量産は出来そうだったんだよな。

……案内人さんの事だから生徒達でも作れることも見越してこのレシピを渡してきてそうだよなあ。

隼人も苦笑いを浮かべているが、来るタイミングが悪かったと思ってくれ。

まあ、仕事があるとしたら生徒達から質問や意見が欲しい時まで待つしかないんだ。

「せんせー！」

「せんせ！」

とか考えていたら早速近づいてきたのはラズとクラン。

おーおーアイリス達からの視線にいたたまれなくなっていたから助かるよ。

どうしたどうしたー？

「あのね香水単体での香りはいいんだけど、だからこそ人の元の匂いで印象が変わっちゃうんだよー……」

「人それぞれ匂いや石鹸の香りも違うから狙った香りを出すのが難しいんだよ～……」

基本的に元の匂いというものがある以上、香水の効果が狙ったとおりにいかないという問題だな。

石鹸の香りなら一般的に多く使われる石鹸の匂いをもとにして考えれば問題は少ないだろう。

それこそ、石鹸を自分達で作ってそれに合わせる……なんてのもいいかもしれない。

まあそれは……リートさんに許可を得てからになりそうだが……。

むしろ、提携するとかどうだろうか？　これならばリートさんにも喜んでもらえると思うんだが……。


で、だ。

問題は汗や体臭、年を取ると加齢臭……なんて悪臭だろう。

香水は悪臭を消すために強めの匂いを……って事もあるのだが、生徒達が作るのはあくまでも強すぎず、受け入れやすい香りなのだ。

だが……そこは想定内。ここで俺が用意しておいた秘密兵器の出番である。

「その問題に直面したか。じゃあ、この水を使ってみるか？」

「お水ー？」

「ああ。多分これでどうにかなると思うぞ」

「特別なお水なの～？」

「その通り。中に石が入ってるだろ？　これは『聖石』を漬けた水なんだ」

聖石とは浄化作用がある石である。

聖水程に浄化効果は強くはないが、聖石を漬けた水にも浄化効果はあるため、毒や悪臭などを消し去ることが出来るのだ。

ただし、濃度が高すぎると香水の香りまで消してしまうので調整は必要だ。

ちなみに、俺が試作品を作った際に使った点鼻薬にも使わせていただいており、効果は織り込み済みでございます。

「せ、聖石って……特別な許可が無いと扱っちゃ駄目なんだよー？」

「ああそうだな。でも、教会の聖女様には許可を取ってあるから大丈夫だぞ」

今回はテレサに事情を相談して許可は取ってあるからな。

更に、教皇様からの依頼を受けたおかげでもある。

あちらも断れまいと意地悪を言ったのだが快く許可を頂き、いやあ良い取引でした！

聖石なんて貴重な石を頂けるし、こいつは香水作り以外にも使えそうだと踏ませていただいたという訳だ！

だが、許可を得るにあたり教会用にも香水を一種作って欲しいそうだ。

なんでも、香りがすっとしてすっきりする香水が欲しいらしい。

祭事などに用いるため……という名目なのだが、ちょうど騎士団がゾンビやスケルトンの討伐に行った際に臭いが気になる、と兵士達から陳情があったところだったそうだ。

教会のためになるならと聖石を譲ってもらう理由にもなりつつ、教会からも仕事が取れるようになるというまさしく一石二鳥の提案に俺は二つ返事で了解したのである。

「聖女様とも交流があるなんて……せんせーは本当に何者なんだよー」

「だからただのしがない錬金術師だって」

「そんなわけないんだよ～……。むぅう……もっと何か隠しているう気がするよ～」

なんも隠してないってのに。

……あー……一つだけ隠してるか。

ロウカクの女王であるコレンとも知り合いだとか地龍と良好な関係を結べているってのはあるけど、それは俺が偉いだの大物だのとは関係がないし、説明する訳にもいかないしな。

――リーンゴーン。

「おっと、チャイムが鳴ったな。それじゃあ、午前の授業は終わり。昼休憩なんだから、作業は後にしてしっかり休んでご飯を食べること。わかったな？」

「「「はーい！」」」

「午後の授業の頭は聖石の使い方について説明するからな。一旦香水作りの手は止めてしっかり話を聞くように」

聖石を使う許可は得たとはいえ、使い方には注意を払わねばならないからな。

この辺りは重要な事なので、しっかりと聞いて扱って貰わないといけないんだ。

さーて、俺も飯にするかな。

今日はどうするか……教室で適当に魔法空間に入ってるものでも食べるかな？

隼人達はどうするん――。

「「せーんせ」ー！」

「がふっ！」

サイドアタックが決まり、脇腹に衝撃が走る。

そしてすぐさまラズとクランの4本の腕が絡みつき、がっしりと捕縛されてしまった。

オリゴールのフロントヘッドアタックとは違う左右からの突撃術に、まだ対処法が備わっていない。

「皆でせんせーを食堂に連れて行こうと思うんだよー」

「……食堂?」

食堂か……異世界の学食に興味はある。

あるにはあるんだが……。

アイリスが何やら企んでいる顔をしてこちらに笑いかけているのがとても気になります。

「学園の食堂はお勧めじゃぞ。面白い物が見られるはずじゃ」

ほらー絶対に何かあるじゃんか……。

それに俺にはクリスが用意してくれたお弁当もあるしなあ。

隼人と一緒にクリスの用意してくれたお弁当を食べるんでも良いんだけど……残念ながら隼人は隼人でシシリア様とアイリスに連れていかれてしまっているんだよなあ……。

「ほらほら～！　可愛い生徒達のお誘いなんだから、先生として受けるのは当然なんだよ～」

「皆でご飯なんだよーー！」

「おいおい押すなって、っていうかまず絡みつくな。ん？　皆で行くのか？　11人で座れる席なんてあるのか？　おい、お前らもじりじりと近づいてくるなって！　わかった行くから！　行くから全員で囲み始めるなって、転んだら危ないぞ！」

このまま教室から出ると、当然他のクラスもお昼を食べるために各々が行動しているわけで、廊下にも他科の生徒達がいる。

そんな生徒たちが一体なんだとこちらに視線を向けると、身長的に頭一つ飛び出ている俺に注目が集まり、周囲が皆美人な貴族の子達だとわかると形容しがたい視線を向けてくる。

……いや、俺もそっち側にいれば気持ちは痛い程にわかるのだが俺の顔も見てほしい。

どうだろう？　おそらく俺の顔は困っているはずだ……。

これが隼人のようなイケメンならば、『モテすぎて困ってます』みたいに見えるだろうが、俺がすると迫真の困ってますにしか見えないだろう？

だからどうか呪詛《じゅそ》の言葉を呟《つぶや》かないで欲しい……。

「ぁぁぁ……」

「せんせー。女の子達に囲まれてるのにテンションが低いのは良くないと思うよー」

「疲れたんだよ……。たとえ美少女でも二人に纏《まと》わりつかれて、背後からもゆっくりと押されたまま歩くのは疲れるんだよ……」

まだまだステータスが低いんだよ。

もし俺がユニークスキルで無双できるような強者であれば、たとえ二人に纏わりつかれ、周囲を囲まれようとも『HAHAHAー！　お昼は肉をどれほど食べてやろうかアーハン？』なんて、余裕を持てるのかもしれないが、おあいにく様俺はまだまだ貧弱なんだよ。

冒険者にジャブを放つと謝られるくらいなんだからな。

「あーそれは私達が重いって言いたいのー？　女の子にそういうこと言うのは駄目なんだよー」

「ほらほら、皆がご飯を持ってきてくれるから、大人しく座って待ってるんだよ～！」

「はいはい。ありがとさん」

11人まとめて座れるのかと心配していたのだが、食堂はかなり広く、科ごとに机が分かれており
長椅子も用意されていて座りそこなう事は無いらしい。

しかし、やはりというか利用者が多く、食事を受け取る場所はなにやらセールでもしているのか
というほど大盛況だ……何故か一か所だけ。

「なんだ？　人気のメニューでもあるのか？」

「んんー？　日毎《ひごと》にメニューは決まっているから、配膳場所によって違うとかはないはずだよー？」

「ふーん。じゃあ、特別可愛い子が配膳してるのかな？」

塊をよく見たら男ばかりだしな。

おそらく、俺の予想は当たっているだろう。

食堂のマドンナ……といったところだろうか。

「ああー、せんせも受け取りに行きたかったとか～？」

「今の気力じゃ無理だ……。早く受け取れる場所を選んじまうよ」

「はい、先生の分をお持ちしました」

「ああ。悪い、ありがとな」

「いえいえ。それにしても、あの行列凄いですね。でもまあ、あんな美人がいるのなら仕方ないのかなー……？」

「受け取る時にちらっと見たんですけど見た事ない人だったけど凄い美人でしたよ！　新人さんかなあ？　あと凄い胸が大きかったです……」

「ほぉーやっぱり美人だったのか」

そして胸が大きいとな？　見てみたい……気持ちはあるが、後でもいいか。

混んでいるしお腹もすいたしな。

一先《ひとま》ずは腹ごしらえだ。

メニューはパンと肉料理とサラダと、果物が少しか……。

シンプルながらも若い学生が満足できるように、パンのおかわりは自由なようだ。

肉料理は煮込みかな？　シチューのような感じだな。

大きすぎず小さすぎずカットされたお肉が見るからにしっかりと煮込まれているため、味はしっかりとしみ込んで触らずとも柔らかくなっているのが分かって美味そうだ。

「ここのお肉料理にはずれはないんだよー！　今回のも絶対美味しいよー！」

「ああ。美味そうだな。それじゃあ、早速頂こうぜ」

いただきます。と心の中でつぶやき、スプーンで切れるほどに柔らかい肉を掬《すく》い取って、スープと一緒に一口。

濃厚なシチューのような野菜や肉の旨みが溶けこんだスープに、柔らかい肉の食感がほろほろと解けていくように口の中で溶けていく。

月桂樹《げっけいじゅ》の葉が一緒に煮込まれていて肉の臭みはまったくなく、パンに合うような仕上がりで美味いのだが……。

「んんー！　今日のは特別美味しいよー！」

「今までで一番美味しいかもだよ～！　ん？　せんせ、どうしたの～？」

「まさか、口に合わなかったー？」

「ああ、いや。相当美味いよ。ただな……なんか食べた覚えがある味付けでな……」

こう……なんというか、日常でよく食べているというか、俺の味の好みを熟知されている味というか……。

外食も好きなので外で食べる場合もあるのだが、そのお店のような美味さというよりは家でウェンディやミゼラが作ってくれる料理に似ている感じが……あー。

「うふふふ。流石はご主人様です」

「……なんでここにいるんだよ。ウェンディ」

目の前に立ち笑顔を浮かべていたのは、給仕服を着たウェンディだった。

以前シシリア様の前に立った時に着たメイド服とは違い、裾が長く紺色の衣装に白いエプロンがよくはえていらっしゃる。

さっきまで厨房《ちゅうぼう》にいたからか髪を上げているのもＧＯＯＤ。

なんというか、お淑やかで有能な給仕の子といった印象だ。

「アイリス様から、ご主人様の仕事ぶりを見に行かないか？　とお誘いいただいたんです。ただ、給仕の手が足りないとの事で学園に入る名目として少しお手伝いをすることになってしまいまして……」

「あーそういうことか……でも、それなら朝に言ってくれれば良かったのに」

「それは申し訳ございません。でも……サプライズの方が愛を確かめられるだろうとアイリス様がおっしゃいまして……ご主人様は私の味をわかってくださいましたし……」

テレテレと頬を押さえて顔を赤くするウェンディさん。

よっぽど俺がウェンディの味に気づいたのが嬉しかったらしく、ちらちらとこちらを見ては頬を緩ませてしまっている。

「せ、せんせー！　まさかこの人がー!?」

「ああ……俺の大切な恋人だよ」

「おおお～！　凄いよ～！　グラマーだよ～！　超美人さんだよ～!!」

驚愕に包まれる第二錬金科……だけでなく、食堂にいる一同か。

先ほどまでの行列は、おそらくウェンディが配膳をしていた列だったのだろう……。

塊が固まったままこちらを振り向き、ショックを受けた顔を向けているが……俺はそっちを見られない。

「初めまして生徒の皆様。私はご主人様の奴隷であり、恋人でもあります。ウェンディと申します。以後お見知りおきをよろしくお願いします」

華やかさと慎ましさ、そして可愛らしさをも含んだ挨拶に感嘆と落胆の声が聞こえてくる。

おそらく前者は女生徒の、後者は男子生徒の声だろう。

こんな短時間で既にファンが出来ているとは……ウェンディ我が恋人ながら恐ろしい子……っ。

「か、可憐《かれん》だよ～……しかも、おっぱいがラズよりも遥かに大きいよ～！」

「お、おっぱいの大きさはいいでしょー！　でも、凄いのはウェンディさんの方がせんせーを凄い好きだっていうのが伝わってくることだよー！」

「先生、どうやってこんな美人を……！」

「ん。シロだって主好き」

「『いつの間にかもう一人増えてるよー～!!』」

いつの間にか俺の真横にちょこんと座り、俺にパンを食べていいか目で訴えてきているので頷いてやるがシロがいる。

……いやまあ、花を買いに行った際もいたのでいるとは思ったんだがな。

隠密性《おんみつせい》が高すぎて俺も隣に座られるまで気が付けなかった……。

「ま、まさかこの子もー!?」

「……ああ。俺の大切な人だよ」

「だ、駄目だよー！　この子は犯罪だよ～！」

「可愛いのはわかるけど、年齢的に駄目なんだよー！」

「いや、手を出してるわけないだろ……」

「ん。手を出してくれない……。シロはいつでもウェルカムなのに……」

もぐもぐとパンを食べるシロに、スープと肉をすくってあーんとすると嬉しそうに咥えて肉を咀《そ》嚼《しゃく》するシロ。

勿論シロの事は大好きだし、問題のない年齢になってもシロが求めてくるのなら……な。

「ほあー……可愛いよー……」

「これはお持ち帰りしたくなるよ～……」

シロの食べる姿は教会の時といい王都の女性に大人気だな。

まあ、これだけ美味しそうに癒しオーラを放って食べるのだから当然と言えるだろう。

シロも一瞬にして周りを虜《とりこ》にするなんて……恐ろしい子っ！

「ん。ちなみに、アイナ達三人も来てる」

「……まじ？」

「まじ」

「アイナさん達は冒険科の臨時講師としておいでになられてますよ」

そうか……三人も来てるのか……。

どうりで今朝『我々も王都に一緒に連れて行って貰っていいか？』と聞いてきたわけだ。

なにやらクエストでもあるのかと思ったのだが違ったらしい。

ウェンディも一緒に来た訳だが、それなら買い物かと思ったんだがまさかこういう事だったとはな……。

「ご主人ー！」

　ああ、本当に来ているんだなあ。

　入り口から俺を見つけると手を振りながら大声で呼ぶもんだからさらに注目されてしまっているじゃないか。

「レンゲ……生徒達もいるんだからあまりはしゃぐなよ」

「だってご主人が見えたんすよー？　ねえソルテ……ああ！　いつの間にかソルテがもうご主人のそばに！」

「主様。隣座ってもいい？」

「いい……のか？　長椅子は余ってはいるけど……」

　生徒達に確認すると、皆どうぞどうぞと席を空けてくれている。

　すると、ウェンディを含めて全員が俺の周囲に座りはじめ、生徒達も心なしかこちらの近くに座り食事を開始し始めた。

　第二錬金科……もとい食堂はとても静かで、まるでこちらの会話に耳を傾けているようであった。

　なるほど……アイリスが言っていた面白いものっていうのは、針のむしろ状態の俺の事か。

「えっへっへー。どうっすかどうっすか？　ご主人驚いたっすか？」

「そうだな、驚いたよ……」

　シロを挟んで体を乗り出して顔を覗かせ、それはもう楽しそうに笑うレンゲ。

　当然、驚くに決まっているだろう。

王都に用事とは聞いていたが、まさかそれが学園だとは露ほども思わなかったからな。

「黙っていてすまない主君。だが、学園の冒険科の生徒達を指導してほしいと、依頼は随分前からうけてはいたんだ。ただ、なかなか長期的に主君のもとから離れる気にはなれなかったので断っていたんだが……タイミングが良くってな」

「一応武術大会の後にはオファーされてたんだけどね。まあ、色々あった後だし、ホームも違うから余裕があればって話だったから放置してたのよ」

「ソルテたんがご主人から離れたくないって言ってたんすけどね」

「なっ……あんたもでしょうが！」

あー……温泉の後はソルテはべったりだったからな。

なにかといっては近くに……と。

隙あらば横に来ようと、反動……というか、それまでとのギャップが健気《けなげ》でとても可愛かった。

「なるほどな。……ところで、なんで冒険科の連中は誰一人として食堂に来てないんだ……？」

なんでお前達はいるのに冒険科の席が空っぽなんだよ。

あそこだけ避けられているかのように、ぽっかりと空いて誰もいないのが最早恐怖なんだが……。

「私は騎士科の手伝いをしていたから知らないのだが……」

あ、そうなの？

まあでも確かにアイナならば騎士科でも通じるなと思ってしまう。

騎士の実際の仕事はともかくとして、戦い方などは騎士志望の子達も参考にしやすいだろう。

「え？　とりあえず今日が初日っすし、全員ぶっ飛ばしてきただけっすよ？」

「そうね。レンゲは男嫌いだから少し力をこめすぎてたわね。あれじゃあまだ起き上がれないでしょうね」

「ええー。ご主人とやる時くらいに手加減したっすよ？」

レンゲの……手加減？

ギブアップと言ってからが本番っす！　疲れたからって敵は待ってくれないっすよ！　という、至極真っ当でより実戦的に、ありがたいほど執拗《しつよう》に攻め続けてくるレンゲのアレのどのあたりに手加減があったのだろうか……。

……一応、俺が生きているのだから手加減……って扱いなんだろうか。

「主、あーん」

「ん？　ほれあーん」

シロがこちらへ口を開けておねだりをするので、ひょいっと俺の分のスープを分けてあげる。

すると、美味しそうに頬を緩めて次はパンが食べたいなっと、目で語るのでパンを摘《つ》まんでふいふいっと動かすと目でパンを追うのが面白かったが、すぐにあーんとあげることにした。

「シロ。主様のばかり食べたらなくなるでしょ。……主様、私の少し食べていいわよ。……あーん」

「お、悪いなソルテ。あーん」

ソルテが手を添えて俺へとスプーンを差し出すので、遠慮なくいただくことに。

うん……やっぱりいつもの味だが美味いな。

「おおお……ナチュラルだよー。ラブラブ嬉し恥ずかしあーんイベントのはずなのに、普段お家でもやり慣れてるのがすぐにわかる程自然だよー！」

「人前だってことを忘れてるよ～！　恥ずかしがる仕草さえないよ～！」

「あー……」

最近あまりにも日常的で普通の事として認識していたのだが、あーんって一般的にはバカップルがやることだよな。

自分達だけの空間ならいざ知らず人前でなんてのは、最たるものだろう。

だが、忘れていた……というか、最早これが自然なのだと記憶が上書きされているのは俺だけじゃないみたいだ。

「……普通ですよね？」

「ん。いつも通り」

「っすね。まあ、誰がするかは会議で決めてるんすけどね。今日みたいな突発的な時は早いもの順っすけど」

「むう……流石にここからでは届かないな……」

「アイナさん。私がした後でよろしければ、場所を替わりましょうか？」

「ああ。ありがとうウェンディ」

「はい。おっぱい同盟ですからね」

あ、なんか小さなどよめきが……。

ウェンディがおっぱいと言ったからだろうか？

んー……年齢的に大人のお姉さんからおっぱいと聞くのも恥ずかしい世代なのだろうか？

異世界の思春期事情がわからないから答えは出ないな……。

「ど、同盟ー!?　派閥に分かれているのー!?」

「ラズはおっぱい同盟になるの～!?　私は～!?　小さいお胸の派閥もあるの～!?」

「ん。ちっぱい連合がある。入るには厳正なる審査が……サイズは全く問題ない」

「なんだかとっても悲しくなることを言われた気がするよ～！　い、いつか私だってラズみたいに大きくなるんだよ～！」

「っていうか、入るなんて言ってないよー！　それよりもー！　皆さんには聞きたいことがあるんだよー！」

うんうん。よく言った。っと、ラズの言葉に同意するように頷き始める第二錬金科諸君。

更にはその行先を見守るような視線を向ける生徒諸君。

……地味に、教員も興味津々にこちらを見ている気がするな。

「聞きたいこと……ですか？　なんでしょう？」

「あ、ウェンディさんとシロさんはさっき言っていたんですけど……み、皆さんはせんせーの恋人なんですかー？」

「せんせには6人の恋人がいるって聞いたんだよ～！　ここには5人いるからもしかして～

「……？」

「恋人……改めて問われると……そうだな。私は主君の騎士というか、主従というか、恋人……でいいのだろうか？」

「なんで疑問形なんだよ。いいに決まってるだろう」

断言してよいのだろうか……？　と、不安そうに眉尻を下げるアイナが、あっという間に晴れやかな顔になると、頬を少し赤く染める。

「そ、そうか……。ならば、そうだな。私も恋人……ふふ。恋人というわけだ」

「なら、自分も恋人っすね。改めて他人から言われると少し照れるけど……」

「……私も、そうね！　もうご主人ラブっすよー！」

「お、おおー……皆乙女の顔だよー……」

驚きつつも頬が緩んで面白いものを見つけたと隠しきれていないぞ第二錬金科諸君。

なんだ？　好奇心旺盛なお年頃なのか？

色恋の話は、お昼ご飯よりも大好物なのか？

料理冷めちゃうぞ……。

「せんせの恋人が勢ぞろい……あれ？　あと1人はいないの～……？」

「ミゼラならお誘いはしたのですがお仕事があるからと断られてしまいました。ご主人様のお弟子で、皆さんと同じく、真面目で可愛い錬金術師の女の子ですよ」

「弟子!?　弟子が恋人!?　せんせー弟子に手を出すのは駄目なんじゃないかなー!?」

「私達も弟子になるかもしれないってことは……危ないよ～！」

「危なくねえよ……。別に弟子だから手を出したってわけでもねえよ……。っというか、お前らを弟子に取る気もねえよ……」

ブランド事業成功させるんだろ？　そのために皆で頑張っているんだろ？　だから二人で抱き合ってこっちを見るんじゃないよ。

危機感を抱くなっての。周りもキャーキャーと騒ぐなよ。

もう先生はたじたじだよ……。

「あの……失礼ですが、皆さまは先生のどこをお好きになられたのですか？」

キャーそれ聞いちゃう？　聞いちゃうの？　じゃないのよ。

ノリノリかっ！　もう止まる気配すらない……。

だいたいさっきのあーんと違って周囲の状況は理解できているのだし、こんなところでそんなこっぱずかしい話をするわけ――。

「主君の好きなところか……。言葉にすると、一夜明けてしまいそうだな」

「多すぎて困ってしまいますよね……。でも、やはり一番はとてもお優しいところでしょうか？」

「ん。シロの我儘《わがまま》を聞いてくれる。あと、いっぱい抱きしめてくれる。温かい」

「いざ言われて考えると、不思議な魅力がいっぱいあるわよね……。器も大きいし、いざという時は頼りになるし」

「ヘタレなところもあるっすけど、気さくで自分に素直なところっすかね？　でも、覚悟を決めた時の顔とか、集中しているときの顔は恰好いいっすよねー！」

……するんすね。

生徒達がキャーって、聞いた側がキャーって言って俺を見るよ。見ないでよ。

あー……耳が熱い気がする。

どうだラズ、クラン？　今俺少し照れてると思うぞ。

目標達成って事で、もうくっついて来なくてもいいんじゃないか？

「あー……でも、言ってることはわかる気がするよー。せんせーの反応って、素直で面白くてついつい悪戯したくなるんだよー」

「せんせって不思議だよね～？　初めて見た時は、普通にノリが良い感じの面白そうなせんせだな～って思ったけど、今は優しいし頼りがいもあってもっと面白いせんせだな～って思うよ～。でも、ちょっとエッチだよね～」

「え!?　ご主人もうエロい事したんすか!?」

「主君……流石に手が早すぎるのではないか……？」

「してねえです……。する予定もねぇです……」

もうも流石にもないだろう。

そんな事より、テーブルの上が全く片付く気配がないんだが……。

「……お前ら全員昼飯食べ損ねるぞ。そろそろ昼休みも終わるだろうし、午後の授業に差し支えてもしらないぞ？」

「はっ……そうだったよー！　あースープ冷めてるよー！」

「もっといろいろ聞きたいよ～！　でも、早く食べないと～！」

残念ながらスープは随分前から冷めてたよ。

あーあー……淑女が急いで食べるとか、残念に見えてしまうな……。

「アイナ達も……午後も授業があるんだろ？　急がなくていいのか？」

「ん？　我々は臨時の教師だから午後の授業はないぞ？」

「私も、午前中がメインだそうでお片づけはいいそうです」

「シロは主の護衛」

「あ、そうなの……？」

俺は臨時だけど丸一日授業するのだが、アイナ達は午前中だけなのか……。

ウェンディもメインの目的は授業を見に来ることだから、そういう約束で来ているんだろう。

シロは……誰か他人に教えるとかはしないだろうしな。

「だから、午後はご主人の授業参観っすよ！」

「ん？」

ん？


午後の授業が始まり、話していた通り聖石の説明をするところからなので全員ノートを取り出して話を聞く姿勢を取ってもらう。

「聖石なんだが一日、二日つけておけばある程度の浄化効果を持つ水になる。どの程度の濃度で使えばいいのかは香りによって自分達で調整してくれ。利点としては、匂いの統一化だけではなく、毒素の除去も可能になる事だな」

「「「「……」」」」

「一つ注意点なんだが、聖石は七日七晩つければただの水でも聖水になる。だが、聖水を扱うのは教会の領分なので製作、使用はしないように。くれぐれも……だぞ」

それならなぜ教えた。と、思うかもしれないがたまたま出来た物が聖水だと思わず使ってしまう場合もあるだろう。

知らないよりも、知っている方がいい。

知っていればうっかりでも作りはしないはずだ。

特に、テレサからの信用……ということもあっての許可であるのは明白なのでテレサに迷惑をかけぬように、更には教会という巨大な組織を敵に回したくはないからな。

「「「はーい！」」」

「せんせがせっかく貴重な聖石の許可を得てきてくれたんだもん～！　無駄にはしないよ～！」

元気よく返事をする生徒達。

まあ、短い間ではあるが教師をしてみてこの子達の人となりはよくわかっているからな。

信用は出来ている。だからこそ、リートさんやテレサを頼らせてもらうこともできるというものだ。

「じゃあ作業開始なんだが……後ろが邪魔だったら言ってくれ。すぐに追い出すからな」

「静かにしてるのに追い出すなんて物騒っすよー！　ブーブー！」

そうもなるだろう……じーっとこっちをニヤニヤして温かい笑みを浮かべながら見つめてくるのだからやりにくいったらありゃしない。

一番後ろの席に横一列になって座るのは、アイナ、ソルテ、レンゲ、ウェンディ、シロの五人。

本当に見学に来るとはな……。

幸いなのは隼人達が帰った事だろう。

あの三人は忙しいから、午後は参加出来なかったのだが正直ありがたい。

「せんせー別に邪魔じゃないよー！」

「それに、許可も得ているんだから大丈夫だよ～！」

そうなのだ。あらゆる権力が使えないのだからアイリスの力が働いているわけでもないのに、何故だか許可が下りているのだ。

……先生方にもいいのかと確認したら、ご家族の見学は申請さえあれば良いんですよ。と、穏やかに答えられてしまった以上、俺からは何も言えなくなってしまったのだ。

というか、錬金科の先生も時間があれば授業風景が見たいとおっしゃっていたのである。

実際に見られたところで、今は俺ほとんど何もしてないので下手をすると怒られるかもしれないなあ……。

「教鞭《きようべん》を執《と》る主君……なんだか、いいな……」

「ん。いつもよりちょっと凛々《りり》しい」

「はぁ……素敵ですね。私も生徒になってご主人様に色々と教えていただきたいです……」

「何を教わるのよ……。ウェンディが言うと、どうして卑猥《ひわい》に聞こえるのかしら……」

「あらソルテさん。ご自分の願望がそうだからいやらしいことを思うのでは？　はしたないですよ？」

「はしたな、って……あんたの今の蕩《とろ》けた顔を見たら誰だって卑猥に思うわよ！」

「……生徒達がいいなら構わないが、そうやって騒がないでくれよ。生徒達がそっちに意識を持ってかれてるから……。お前らも聞き耳立ててないで集中しろよ」

さっき食堂でまだ聞き足りないとか言っていたから、興味が離れていないんだよ。ったく……注意したら皆して背筋を伸ばして調子いいんだよなぁ。

で、いつも通り俺は暇になるわけだ。

生徒達もいずれは自分達の力で成さないといけないことがわかっているので、なるべく合成の段階では俺を頼りにはしない。

まあ自分で試行錯誤するからこそ、ぐんぐんと伸びるもんだしな。

先生ってのは道を示し、道を逸れたり行き詰ったら手を貸すくらいがちょうどいいんだ。

ちょうどいいんだが……暇なんだよな。

「ご主人ー！　なにさぼってんすかー！」

「……今はやることがないんだよ。野次を飛ばすな野次を。あーお前らはいつも通りでいいからな。

耳を傾けるなよー」

「『いつもどおりでいいのー～？』」

「ああ。気にせずいつも通り……おい。なんでくっついてきた」

言い終わるが早いか教卓にいる俺にダブルサイドアタックが飛んでくる。

いつものように……って、ああいつも通りってそういう……。

「いつも通り、匂いチェックの時間だよー！」

「クンカクンカタイムだよ～！」

「お前らな……つい最近匂いを嗅がれて恥ずかしがってたろ？　もう忘れたのか？」

そうやってからかいにくるのは構わないが、結局自爆している気がする。

自分から行くのはいいのだけれど、思いもよらない返しをされるとすぐに焦るくせに懲りないな
……。

「そ、それはせんせーがお胸の匂いを戸惑い無く嗅ぐからだよー！」

「今日は胸にはつけてないから普通にだよ～！」

「あ、クランのスカートには付けたから嗅いでもいいよー。お尻の方だよー」

「勝手に何してるんだよ～!?　だ、駄目だよせんせ！」

「私だけ胸を嗅がれたのは不公平だよー！　クランもお尻の匂いを嗅がれるといいよー！」

「ぎゃ～！　押さえつけるのは無しだよ～！　お尻の匂いを嗅がれるのは絶対に嫌だよ～！」

ラズがクランの腰を曲げさせ、両腕もまとめて脇に抱えるように押さえつけてクランの尻を俺の

方へと向けさせる。

必死に抵抗するクランだが、腕も押さえられているのでお尻を振るしか出来ないでいた。

「ほらほらせんせー遠慮しなくていいよー！」

「せんせ！　遠慮が必要な場面だよ～!!」

「流石にしないっての……」

ウェンディ達がいるから……というわけではなく、尻、もといスカートの匂いを嗅ぐのはまずい気がする。

おっぱいと何が違うのかと問われたら困るのだが、なんとなく絵面として尻の方がまずく思える不思議。

「むう……私だけなのは不満だよー」

「はあ……はあ……不満はこっちの台詞《せりふ》だよ～！　なんてことをしようとしているんだよ～！」

息が上がりながらもラズに食って掛かるクランと、まさしく不満そうな顔で頬を膨らませるラズ。

そして、それを見てクスクスと笑いながらも作業を続ける生徒達。

遊んでる二人を見て生徒が皆笑っているのは、ラズとクランもここぞの集中力が高いからだろう。

……まあ、息抜きと集中のバランスがすさまじく両極端ではあるのだけれどな。

これも……まあ、いつも通りか。

だが、今日はいつもと違ってウェンディ達がいるからなあ……。

「あの子らやるっすねえ……」

「これ授業よね？　授業なのよね？　イチャついてるだけじゃないの？」

「あらあら、見せつけてくれますね。クンカクンカタイムがとても気になります……」

「いい度胸してる。見込みある」

「むう……積極的だな……。私も見習いたいところだが……少々度がすぎるのではないか？」

おおう……視線が、視線が突き刺さる……！

微笑《ほほえ》んでいるのに、和やかなほんわかムードなんて流れて来やしない。

だが、ラズとクランはそんな視線など気にせずに両サイドからくっついてくるのをやめもしないんだけどどうして？

お前達もあの視線は感じているはずだろう？

「……貴族の令嬢として生きてたら、あれくらいの視線は普通に受けるからねー」

「も～っと黒くて怖いのなんて、いっぱいあったんだよ～」

ぼそっととても小さな声で呟き、俺が見ていることに気づくと満面の笑みを向けてごまかした。

……可愛いだけじゃないって事か。流石貴族のご令嬢、強《したた》かだねえ……。

案内人さんも強かだったが、それとはちょっと毛色が違う気がするな。

……っていうか、今授業中だよ。

「……ほら、お前らもくっついてないで香水作りをしてこいよ」

「うんー！　あと少ししたらちゃんとやるよー。でも、せんせー。やることがないなら、普段の自分のお仕事をしててもいいよー？」

「いや、そういうわけにもいかないだろ……」

「相談がある時にちゃんと聞いてくれればいいよー？　そういえば、せんせは普段はどんなものを作っているの～？」

「んー？　俺はアクセサリーと魔道具が多いかな。バイ……肩こりを取る魔道具とか、最近だと……アイリスに頼まれて声がでかくなるアクセサリーを作ったかな……」

危ない危ない。

うら若き乙女に向かってバイブレータなんて話題は……いや、あれはマッサージ器具だしな。うん。

元の世界ではアレの用途を勝手に勘違いしているだけで、あれは本来マッサージ器具だもんな。だからセーフ！

「あ、声が大きくなるアクセサリーはお父様が絶賛してたよー！」

「軍部でも話題なんだって～！　号令や演習の時にとても便利で画期的だって言ってたよ～！　まさかまさかの、せんせが作った物だったんだね～！」

「軍部……？　お父さん……？」

「うんー！　私達のお父さん軍部のお偉いさんだからねー！」

「前線にはもう出ないんだけどね～！　でも、昔から鬼教官として有名みたいだよ～！」

鬼……教官……？

すぅー……ふぅー……冷静に、冷静にな。

まあ、貴族なのだから親が軍部のお偉いさんと、そういうこともあるだろう。

そうかぁ……鬼教官かぁ……。

「せんせー?」

「せんせ?」

その鬼教官の娘さんがひっついてきて俺に抱き着き顔を見上げていらっしゃる、と。

ラズにはぴったりと柔らかさをしっかりと感じられる程におっぱいを押し付けられ、クランは凹凸の少なさからか接触面積がとても多く密着度が高い。

……こんな姿を見られたら、

『貴様……我が最愛の娘達に抱き着かせているだと……? よろしい。ならば決闘だ! 手袋を拾い給《たま》え!』

とか、

『ほう……。いい度胸だ。娘が抱き着くにふさわしいか、鬼教官たる俺のしごきにどこまで耐えられるか……試してやろう』

なんて渋い声で言われる展開が待っている気がする。

よし。やはり知っているということは重要だな。

危険は先に回避させてもらおう。

「あううう、なんで遠ざけるのー!」

「むうーおでこを押さないで~!」

「いいから、離れようなー？　それと、今後はこういうのはやっぱり良くないと思う。な？　俺とお前達は生徒と教師。勘違いを生んだら、お互い不幸になるだろう？」

特に俺が。主に俺が。

「むうう、今更だよー！」

「うう～！　もうクラスの皆は見慣れてるよ～！」

そうだね。今も見てるもんね。

ぐぐぐっとおでこを押しているにもかかわらず、腕の力を緩めるどころか強くしていく二人。

なるほど。これが、反抗期かっ!?　厄介な！

「そういうことではなく！　うら若き乙女が年ごろの男性にくっつくこと自体が問題というわけで！」

「ただのスキンシップだよー！」

「というか、せんせは子供扱いしてたはずだよ～！」

そうだね。子供だと思っていたから特に気にしていなかったんだけど……やっぱりこういうのは良くないと思った訳だよ！

別にお父さんが怖そうだからとかそう言うことじゃ……いや、怖いから駄目だよ！

「むうう……せんせーは私達……嫌いー……？」

「せんせが嫌いになるって言うなら……大人しくやめるよ～……」

……女性最強の武器の登場だ。

なんの前ぶれもなく涙を出せるとか、変幻自在すぎるだろう。

おそらく、これは演技だ。

だが、演技だとわかってはいても……。

「はあ……そういうのはずるいと思う。よしわかった正直に言おう。軍部のお父様にしごかれるのは嫌だ！　だから離れてくれ!!」

ヘタレと言いたいのなら言えばいい。

だって、しごきなら普段レンゲ達との鍛錬に加え、アヤメさんからも受けているもの！

アヤメさんのしごきなんてもう本当、本当につらい。

死なないけど、痛いしボロボロだし、もう……つらいの。

つらいけど、自分の身になる事だからと文字通り必死の思いで頑張っているのに、鬼教官のしごきもだなんてとてもじゃないが耐えられないよ！

「「お父様ー～？」」

疑問符を浮かべる二人に、俺は必死に頷いた。

伝われ！　俺の真心!!

「なーんだー。えへへへー。大丈夫だよー。お父様に見られても、私達が守ってあげるよー」

「お父様は私達が悲しむことは、絶対にしないから大丈夫だよ～！　せんせの安全を保障するよ～！」

「本当か……？　絶対か？　嫌だぞ鬼教官の鬼のしごきとか……」

「大丈夫だよ～！　せんせは軍人じゃなくて一般人なんだから、お父様もそんな事しないよ～」

「お父様が守るべき相手に酷い事なんてしないよー。だから……私達はこれからもくっつくよー！」

「……いや、お父さんの事が無くても控えるべきなのは変わらなくないか？」

冷静に考えてみればくっつかれること自体おかしいのではないか？

若い男教師が学生に人気……なんてのは、ラブコメではよくある展開だが、俺はラブコメ主人公ではないはずだ。

「なーんかねー。香りの勉強をしてから、せんせーの香りが妙にお気に入りになっちゃったんだよー」

「クランも～！　匂いフェチだったのかな～？」

すんすんと嗅ぐと、ふへぇっとふやけた顔をしだす二人。

ちょ、嗅がないで。そろそろ加齢臭とかっていつくらいから出てくるのか気になって思わず検索エンジンで調べたくなるのに異世界には検索エンジンがないとショックを受けるお年頃なんだから勘弁して！

「わかります!!」

……ウェンディ、机をたたいて立ち上がらないで。

突然の出来事に驚いた子もいるからね？

あやうく試験管を落とすところだったからね？　俺もびっくりしたし……。

あとこれ以上ややこしくしないで……。

「あー……ご主人の匂いはいいっすよねぇ……」

「ん。主の匂い好き」

「一緒に寝るときとか、安心しちゃうわよね」

「むう……私は獣人程鼻が良くないが、主君に抱きしめられたときは、たまらないな」

「おお、恋人さん達からも同意を貰えたよー」

「これはせんせの香りを香水にするべきかな～？」

「やめてくれ……マジでやめてくれ……」

何そのよそ様から見たらどう考えてもあり得ないチョイス。

一介の錬金術師の香りを誰が買うんだよ。

どうせならお前達の普段から放たれている香りを閉じ込めた方が売れるだろう。

これが隼人の……って言うんなら、まあ売れるだろうな……。

物凄く売れると思うし、今度駄目で元々として打診してみるか？

「さてと……そろそろ真面目にやろうかー」

「そうだね～。私達の初めての香水の完成品まであと一歩……。先生の香りも補充できたしやろっか～」

一通り満足したのか離れるときはあっさりとだ。

だがせっかく離れてくれたのだから余計な茶々はいれやしない。

集中の時間みたいだからな。

「……シロ、ソルテ、レンゲ。鼻はいいだろ？　協力してやってくれるか？」

「ん」

「はーい！　わかったっすよー！」

「いいわ。獣人の鼻はいいからね。細かい嗅ぎ分けくらいはしてあげるわよ」

まあ、正確にはヒトと犬なんかの鼻は違うものと言ってもいい程に美的価値観が違うらしいが、美味い匂いなんかは俺もシロ達も一緒だしな。

獣人の鼻は純粋にヒトよりも鼻が良いって認識でいいのだろう。

ならば……ほんの少し混じった雑な香りをかぎ分けるのに貢献してくれるはずだ。

どうせ見学しているくらいならば、手伝ってもらっても良いだろう。

これで飛躍的に完成が近づくだろうしな。

さてさて、どんなのが出来るのか俺も楽しみに待つとしますか。

第四章　親として大人として

〈I wish〉

それは生徒達《たち》が香水作りにも慣れ、いくつかの試作品を作り出し始めた頃の隼人《ハヤト》の屋敷での事。

今日の授業は終わり、隼人の屋敷へ帰ってくるとお茶をしていたので交ぜてもらった。

「はああ……疲れた時は甘い物だよなあ」

クスリと笑う給仕をしてくれているクリスの特製シュークリームが美味《おい》しくて染みるなあ。

シュー生地が軽くて、濃厚なのにさらっとしたクリームが絶品だ。

俺が作るよりも遥《はる》か高みへと至ったシュークリームをありがたくいただきつつ、濃いめの紅茶がまた美味《うま》いのなんの。

あー……最近真面目に働いているからこんな普通のお茶会が癒されるなあ。

この仕事が終わったらしばらくはゆっくりしたいなあ。

「あはは。お疲れ様です。今日はどうだったんですか？」

「んんー？　いつも通りだよ。皆よく頑張ってる」

試作品も数を絞り、後は品質の向上へとシフトしているし完成品第一号のお披露目もそろそろ出来るだろうか。

完成品第一号はアイリスに向けたもので、あいつには社交場などで使ってくれと協力をお願いしておいた。

……まあバケツサイズのアイスクリーム一つで請け負ってくれたのは安上がりだよなあ。

とはいえアイリスも香水と聞いてあまり良い顔はしていなかったので、そもそもアイリスが満足のいく香水を作らないと駄目なんだけどな。

なので、今日の授業は皆で相談と実験を繰り返してアイリスに合う香水を鋭意製作中という訳だった。

「隼人様はお兄さんの先生姿を見てきたのですよね？」

「うん。アイリス様とシシリア様と一緒にね。凄《すご》く格好良かったよ」

「……もう大体生徒任せでだらけてただけだけどな」

「いやいや。生徒達が質問や意見を求めに来た際はきっちり力になっていましたし、イツキさんが見守っているからこそ生徒達ものびのびと香水作りを出来ていたように感じましたよ」

いやあ……そうか？

隼人は俺を持ち上げるからな……。

「香水の完成が楽しみですよね。お店に並んだらクリス達と買いに行こうって楽しみにさせていただいてるんですすよ」

「香水のイメージって香りが強くてキツイ物が多いと思っていたのですけど、お兄さんたちが作っている物は柔らかくて優しい印象との事で楽しみなんです」

「お店って、確かに売るために作ってはいるが実際店を開くとしたら卒業後になるんじゃないか？」

香水が出来れば店に出す事自体は出来ると思うが、どこかの商店に間借りさせていただく事になるだろう。

最終的には自分達の店を持ち、専門店としてやっていく方が良いとは思うが……王都で店舗を手に入れるって大変だろうしなあ。

「そうなんですか？　うーんそれは待ち遠しいというか、残念ですね……」

そもそも王都じゃあ新しく店を出すほど空きはないだろうし、空きが出来たとしてもすぐさま別の新しい店が入ってしまうだろうしな。

そりゃあ誰だって王都に店を出したいだろうから小さな店でも相当な値段だろうし、暫《しばら》くは間借りした店で香水を売ってお金を貯《た》めねば店は開けないだろう。

……若干、貴族の娘なのだしご両親が娘の事を想《おも》って出資してくれたり……なんて、甘い考えもなくはないんだが、願望は願望なので期待はしない方がいいと思っている。

俺も商店に伝手《つて》は……あー……メイラがいたな。

これは頼むと借りになる……いや、メイラにも儲《もう》けのある話だし、恐らく一枚嚙《か》みたい案件ではあると思うのだが……商人として名うてのメイラと純粋で世間知らずのラズ達を引き合わせるのは危険な気もするんだよなあ……。

「隼人様。ご歓談中に失礼いたします。お届け物でございます」

っ！　相変わらずいつの間にか現れるなフリード。

もう驚かないと言いたいのに、毎度気配も音もないので驚かざるを得ないんだよ……。

「フリードありがとう。誰からだろう……あれ？　これイツキさんにですね……？」

「はっ。ベルセン侯爵家からお客様へのお手紙でございます」

「ベルセン侯爵家から……？　イツキさん……」

「ん」

残っていた一口大のシュークリームを口に詰め、指に付いたクリームをハンカチで拭ってから手紙を受け取ったのだが……来ちゃいましたか。

ん？　フリードがナイフを手渡して……ああ、手紙を切るようにね。

おお……手紙をナイフで切るとかちょっと憧れていたので少し嬉《うれ》しいなあ。

なんか格好いいと思ってしまう……って、現実から目を逸《そ》らしている場合じゃないか。

「イツキさん。何が書いてあるんですか？」

「んんー……あー……うん。まあ、端的に言うと呼び出しだよね」

まあ来るとは思ってたんだけどさあ。

そりゃあ来るよねえ呼び出し。

「あー……行きたくねえ……」

「お兄さん……」

思わず口に出てしまったが、本心の一部だからなあ。

何を言われるのか分かっているから尚更《なおさら》な。

「イツキさん……もし良かったら僕からお断りしましょうか？」

「いや、気持ちはありがたいけど行かなきゃならない事だからな……。今日の夜でいいみたいだし、今日の夜伺うって返信しといてもらってもいいか？」

ま、これを乗り越えないとあいつらの自立は夢のまた夢だもんなあ。

後回しにしても仕方ないし、気が重い事は早めにこなしてしまうとしよう。

「そうですか……。分かりました。フリードお願いしますね」

「はっ！　かしこまりました」

「それじゃあよろしく頼むわ。悪いけど客室貸してくれ。夜まで寝させてもらうわ」

せめて欠伸《あくび》など出ないように眠気は取っておこう。

願わくは……いきなり首ちょんぱとかされませんように……。


すっかり夜も更けフリードの引く馬車に乗ってベルセン侯爵家へとやってきたんだが……でっけえ屋敷。

いや、屋敷自体は隼人の所と遜色ないのだが庭がでかいのなんの。

庭というか、修練場だな。

夜なのに鍛錬に勤《いそ》しんでいる方々がいらっしゃり、やってきた俺へと視線を向けてくるんだがなんというか……敵視なのか警戒なのかどっちとも取れないような視線だねえ……。

フリードも中まではついてこれないようで心細い……。

ベルセン侯爵の老執事さんに連れられて中へと入ると絢爛豪華《けんらんごうか》……というよりは、本当に良い物だけを厳選して飾られたような内装で、堅実さと高潔さが窺《うかが》えるようなものであった。

まあ、飾られている絵などに感心している余裕なんてないんだけどね。

ああー……心臓ドキドキしてる。

良く分からない状況で社長に呼び出された時よりもドキドキしてるよ。

あの時は上司のミスが何故《なぜ》か俺のせいになっていてブチぎれられたんだよなあ。

その後真実が明らかにされたものの当然社長からも上司からも謝罪などなく、上司がいつの間にかいなくなっていたんだけど結果的には仕事が増えて——って、やめよう思い出すの。

「こちらで旦那様がお待ちでございます」

「あー……ありがとうございますー」

この部屋の向こうにベルセン侯爵様がいらっしゃると……。

「すううう……はぁぁぁぁ……」

大きく深呼吸。ここまで来てしまったのだから覚悟を決めろ。

相手は鬼教官と言われているラズとクランのお父君。

正直物凄く怖いけれど、行かねばならないのだから頑張れ……俺。

よし。と、覚悟を決めたのを見て老執事さんが扉へと顔を近づける。

俺が落ち着くまで待っていてくれたのだろう。感謝します。

「旦那様。お客人をお連れ致しました」

「入れ」

低い声が威圧的に感じられてつい先ほど決めた覚悟が既に揺らぎそうです。

入れと言われた以上仕方なく扉に手をかけゆっくりと開いた先にはローテーブルを挟んで向かい合う様にソファーが置かれており、その片側に座っていらっしゃる渋い細身のイケオジがベルセン侯爵だろう。

鬼教官……と聞いていたので筋骨隆々のムキムキな男を想像していたのだが、予想に反して紳士的なイメージだった。

と、何故かベルセン侯爵様の対面にはアイリスが座っており、その後ろにはアヤメさんが控えている事に驚いた。

「座るが良い」

と、一言だけアイリスが言う。

「ふはは」とでも笑ってくれれば多少緊張は落ち着くと思ったのだが、何やら真剣な表情と声音なので余計に嫌な予感がするんですけどぉ……とりあえず、腰を下ろして良いんだよね？

ベルセン侯爵に許可なく座ったとか……あ、良いから座れってアヤメさんの視線が厳しくなったので速攻で座ります。

「貴殿が我が娘達に指導をしている臨時教師殿だな。私はカラント・ベルセンだ」

「は、はい。縁あって臨時で教師をさせていただいております。忍宮一樹《シノミヤイツキ》と申します」

きちっと背筋を伸ばして背もたれにはつけず、新卒での面接のときのような体勢に自然となってしまう。

だって口調だけは友好的だというのに視線が怖いんだもん。

筋骨隆々のマッチョ鬼教官じゃなくて細身の紳士だわーいとか思えない程の視線で人を殺せるレベルで鋭いんですもん！

瞬《まばた》き一つに緊張をしてしまう程の威圧感に挫《くじ》けそうだ……っ。

「今日はお願いがあってご足労頂いた。手短に話そう。今現在娘達に行っている指導をやめていただきたい」

……ですよねえ。

そう来ますよねえ。

ちらりとアイリスの方を見るが、仏頂面で正面を向いているだけ。

「娘達には卒業後、我々が選んだ相手と結婚させる。そう決まっているのだ」

まあそうでしょううねえ……。

『第二』錬金科、なんてクラスを分けた上に生徒達が全員同学年の貴族のご令嬢だなんて出来過ぎだもんなあ。

恐らくは……貴族のご両親方の画策なんだろうなあ。

学園内では貴族としての扱いは出来ないが、優秀な生徒と分け隔てるという名目であればクラスを分ける事は出来る。

流石《さすが》にポーションの間違った作り方にまで手を入れているとは思えないが……そこまで踏み込むのは危険だと俺の敏感なアラームが大警報を上げているので踏み込めないいな。

「……それは、貴族としての繋《つな》がりの為《ため》にという事でしょうか？」

「それについて貴殿に話す必要が？」

……まあ、貴族のお話であり俺はただの平民ですからね。

一層鋭い視線を向けられ、足が震えてしまいそうなのをどうにか膝を摑《つか》んで踏ん張って耐えてる俺を誰か褒めて欲しい。

「失礼を承知で申し上げますが、ベルセン侯爵様はラズやクランとお約束されたそうですね。自立するだけの力があるのであれば自立を認めると。そのお約束は無かった事になるのでしょうか」

「娘達には不可能だと思っていたからな。だが、貴殿が現れその可能性が出てきてしまったから困っているという訳だ」

「……」

「勿論《もちろん》、詫《わ》びとして幾ばくかの金は出そう。我々9の貴族がそれぞれ出した物なのでそれなりの一財産にはなるとは思うがどうか」

……アイリスは何も言わず口を結んでいるようだ。

何のためにここにいるのかは分からないが、頼れる状況ではないと見た方がいいのだろう。

つまり、俺の思ったことを言って良いって事だよな？

「そうですか……分かりました。では……」

「……そうか――」

にっこりと笑顔で、最大限の侮蔑を込めてはっきりと。

「お断りいたしますっ！」

控えめに言わせていただくと、舐《な》めないでいただきたい。

金であいつらの将来を売れと？　あいつらの願望を諦めさせろと？

それが通る相手だと？　それはまた……随分と屈辱ですね？

「何故だ。……貴殿にとっても悪い話ではないと思うのだが？　貴殿は元々臨時の教師であろう？」

静かに落ち着いた口調ではあるものの、背後から込み上げてくる圧力が増したような気がする。

だからといって怖気《おじけ》づいて何も言えなくなる訳にはいかないので真っすぐにベルセン侯爵と視線を交わす。

「そうですね。ただの臨時の教師です。ですが、我が友エリオダルトから依頼を受けた臨時の教師です。だからこそ我が友の信頼を裏切るような真似《まね》は出来ません」

「エリオダルト卿《きょう》か……そちらにもこちらから話を通せば問題は無いはずだ。と言ってもだろうか？」

エリオダルトに話を通す……？　現在研究に没頭しているあいつに？

そんな事が出来るのかと疑問には思うが、９つもの貴族の訴えがあれば受けざるを得なくなるのだろうか？

貴族の事情は分からない。分からないが、もしかしたら出来るのかもしれないが……。

「はい。お断りします」

背筋を伸ばし、交わした視線はそらさずにきっぱりと告げる。

自分の心臓の音が良く聞こえる程に緊張はしているが、声はぶれず真っすぐにベルセン侯爵の眼《め》を見据える事が出来ている。

「……はっきり言わせていただく。で、あれば貴殿は我々の邪魔をするという事でよろしいか？」

「彼女達が自立するための道をこれからも示すという事を邪魔だとおっしゃるのであればそうでしょうね」

「私は侯爵で君が平民であるという事も分かっての言葉だろうね？」

……それは、貴族という立場を使っての脅しだという事は分かる。

そして、腰にかけたサーベルへと手をかけたのも俺を威圧するための動作だろう。

間合いには入っている。

恐らくは座ったままで俺のどこを切っても両断出来てしまうのではなかろうか。

軍部のお偉いさんだけあって、この人はかなり強い。

俺にはどれほどの実力があるのかは分からないが、サーベルに手をかけた時点で嫌な予感が止まらないというだけで十分だ。

これ以上、余計な問答をするのならば斬る……と、暗に俺に示しているのだろう。

アイリスとアヤメさんは、この状況でもなんら動く気配はない。

であらば……。

「貴方《あなた》が侯爵であろうとなかろうと、私の態度は変わりません」

「……どうしてそこまでするのか聞いても良いだろうか？　まさか、この状況で友だと言うエリオダルト卿から受けた仕事の為とは言うまいね」

「……大人が大人の都合で子供の成長の邪魔をしちゃあいかんでしょう？　それがたとえ親だろうと貴族だろうと、俺自身が気に食わないんで」

貴族の事など何も知らない小僧の生意気な意見だと思われただろう。

だが、思ったことを正直に吐き出させてもらう。

今、自ら望んだ未来への道を切り開くために頑張っているあいつらに、頑張っても無駄だ意味がないなどと俺には言うことなど出来るわけがない。

「そうか……」

と、呟《つぶや》いた後は沈黙が訪れたのだが、その間もベルセン侯爵はこちらを見続けていたので、こちらも視線を外すことはしない。

真っすぐに見つめられ、緊張はするものの怖気づきはしない。

ここで引くわけにはいかないゆえに、ただただ視線を外さずに負けないようにと見つめ返す。

「……もう良いだろうカラント」

こちらは相手の反応を待つしかない、どこか気まずい沈黙を耐えていると、その沈黙を破ったのはアイリスであった。

今まで沈黙を守っていたアイリスが喋《しゃべ》りだした事で思わずアイリスの方へ視線を向けてしまったのだが、ニヤリと上機嫌に笑っていらっしゃる。

「そうですね……ええ十分でしょう」

と、少し微笑《ほほえ》んで見せるベルセン侯爵。

その瞬間に今まで掛かっていた威圧感がすっと収まった気がしてはぁっと息を吐いた。

はぁぁあああー……あー……きつかった。

緊張と緊迫感で内蔵がストレスを感じて悲鳴を上げている感覚だった。

「申し訳ございません先生。少々試させていただきました」

「まったく……親馬鹿め。わらわと隼人が身元を保証しておるのじゃぞ？　怪しい訳が無かろう」

「そうは言いますが、彼は流れ人です。アイリス様は面白ければ気に入るでしょうし、隼人卿には同郷の者。更に言えばあのエリオダルト卿と懇意にしている珍しく戦闘系ではない流れ人の錬金術師だと聞いて心配にならぬわけが無いでしょう」

あー……どうしよう。反論が出来ないかもしれない。

実際アイリスは気に入った所があれば一部変な所があっても気にしなそうだし、隼人は同郷に頼まれたら断れまいと思われるかもしれないし。

エリオダルトは良い奴《やつ》なんだが天才ゆえに奇抜的な行動も多く、変な奴でもあるからなあ……。

それに俺の様な戦闘スキルのない流れ人は珍しいとたびたび聞いているし、何かあるのではないかと疑われてもしょうがない気がしてきた。

「はっ。一部認めよう。それで？　納得したのであろうな」

「ええ。納得いたしましたよ。少なくとも彼は悪人ではない。というか、悪人にはなれない人でしょう。それに責任というものをよく理解していらっしゃる。それが分かれば娘達を任せるに値するという事は分かります」

僅かな間しか話していないが、目を見てそれが分かったというのだろうか？

それももしかして何かのスキル……？

何か使ったのかどうかは分からないが、ともかく認められた……って事で良いのかな？

「えっと……つまり、ラズやクラン達はこのまま香水作りを続け、自立を目指しても良いという事でよろしいのでしょうか？」

「……正直な話をすれば、それについては未《いま》だ半々といったところでしょうか。我々が認めた相手と結婚をすれば無難に幸せな人生が待っている。と、まだ思ってしまいますな」

「……当然ですね」

正直、俺が親なら同じことを考えるとは思う。

わざわざ冒険せずとも、不自由のない幸せな暮らしが出来るのであれば当然そちらを選ぶべきだと……だけど、それは親の願いだろう。

それはラズやクランが望んだ幸せではないのだ。

「ですが……先生が赴任してから学園の事をよく話す様になったのですよ。今までは学園はどうだと聞いても、反応が悪く、特に何もないというような子が嬉しそうに語るのです。今日は何と何で試作を作ったと。今日は新しい事を教えて貰《もら》ったと。親として、目標を持ち生き生きとしている姿はとても嬉しく思うものでした」

優しく、子を持つ親にしかできないような慈愛を瞳に宿して語るベルセン侯爵。

娘達が大切で娘達の幸せを願う父親の、世界で一番力強い優しい顔だと思う。

……となると先ほど言った不可能だと思ったからした約束だというのは嘘《うそ》という事か。

「子の幸せを考えるのは親の役目ではありますが、子の願いを聞き届けるのもまた親の役目です。先生……どうか、娘達をよろしくお願い致します」

立ち上がり、まっすぐに立って旋毛《つむじ》が見える程に頭を下げるベルセン侯爵……ではなく、一人の父親であるカラントさん。

この一礼に、どれだけの娘達への想いが込められているかを俺は受け取り、返事をしなければならない。

この人が今まで精いっぱい育ててきた娘さんの人生の転機を責任をもって手助けしようと俺は心に留《と》める。

「……承りました。必ずや娘さん達の願いの一助になりましょう」

今まで以上に、生徒達の力になる事を誓う。

俺の受け答えに満足したのかカラントさんは笑みを見せ、一度固い握手を交わして俺はベルセン侯爵家をあとにする。

「ん。主おかえり」

「シロ……ああ。ただいま」

戻った際にどこかほっとしてくれたフリードに礼を言いつつ馬車に乗るとそこには何故かシロがいた。

「何してたんだ?」

「ん？　んんー鼠取《ねずみと》り？」

「猫だからか？」

「ん。猫だから鼠取りは得意なの」

なるほどなあ。でも、いるのが分かっていたから心強かったよ。

※※※

さて……あやつは帰ったな。

しかし、余計な手間をかけさせおって……あやつのせいではないが今度この件をだしにしてアイスをせびらせてもらおう。

それにしても……。

「カラントよ……剣にまで手をかけるとは少々やりすぎではないか？」

「いやあ、そこまでやるつもりはなかったのですがね。なかなか胆力のある男だと面白くなってしまいまして……」

ああ、貴様が無用にかけておった威圧スキルの事だな。

まったく……軍部の鬼教官が威圧をかけるなど大人げない。

「戦闘面はからきしとの事でしたが、しごきがいはありそうな方でしたね」

「やめておけ……。あやつが泣くぞ」

「はっはっは。あの若さではっきりとした物言いは立派でしたね。流れ人ゆえ貴族の恐ろしさを知らないだけかもしれませんが」

「確かに……随分と肝が据わっていたようではあったな」

覚悟を決めたような顔をして入ってきたが、あれがウェンディ達の言うやる時はやる状態というやつか。

なるほど。自分の為にあのようにキリリとされたらおちるのも理解できよう。

だが、貴族相手に堂々たる態度というのは、相手を間違えば危険ではある。

あやつが気に食わないなどと言った際はひやひやしたぞ……。

次会った時はその点について指導を……ん？

「アイリス様……」

「ん？　なんじゃアヤメ？」

「実は……」

んー？　ほう。ほうほうほう。なるほどな。

あやつが強気にはっきりと言えた理由はそれか。

くはははは。なんというかあやつらしいというか、シロへの信頼の賜物《たまもの》というべきか。

「カラント。命拾いしたな」

「はい？　私がですか？」

「うむ。お主が気づいておらぬとは……部下を信用するのも良いが、全盛期を取り戻した方が良さそうじゃぞ」

あの距離で剣に手をかけたカラントよりも速く動けると判断され、気配も察知されないとは……シロめ。

貴様どこまで強くなるつもりなのだ？　しかも、あの男の為だけにとは、その愛につい笑みを浮かべてしまうな。

「なにを……っ。これは……はっはっは。なるほどうちの『ネズミ』が気付く事無くやられるとは……彼には随分と優秀な『猫』がいるようですな」

ふむ。気付いたようだがやはり老いたなカラントよ。

いや、カラントの老いというよりはシロの技術が素晴らしすぎたか。

アヤメが気づいたのはアヤメが気配察知を得意とし、その道に詳しい上にシロを知っておったからというところが大きいのじゃろう。

「家猫ではない自由奔放な子猫じゃがな。わらわの友である。家への侵入は許せよカラント」

恐らくはあの男が心配で勝手についてきたのじゃろう。

本来であれば侯爵家に侵入するなど罪に問われるものじゃが、まあカラントならばそのような事は言うまいとは思うが一応な。

これもまたアイスを頂くネタにさせてもらうとしようかの。

「許すも何も我が家の失態ですからな。私どもも『ネズミ』も鍛えなおさねばなりませんなぁ……」

……それで心底楽しそうに笑うから鬼教官などと言われるのじゃ。

『ネズミ』共はご愁傷様だなあ……。

「しかし、『ネズミ』を処したのが子猫とは……娘達といい王国の子供達の未来は眩《まぶ》しいものですな」

「うむ。結構な事じゃな」

次期国王候補の隼人卿も一時は不安であったが、あの男が現れてからは随分と沈む事もなくなったそうじゃな。

カラント達の娘達のやる気にも火をつけ、あやつが中心となって良い流れが来ておる気がする。

流石はわらわの気に入った男じゃな。この調子で、これからも好きに生き良い風を吹かせてくれることを願わせてもらうかの。

……未だ不正を働く貴族共は残っているが……それはわらわが片づけよう。

安心安全であれば、お主は王国に留《とど》まってくれるのじゃろう？

わらわは貴様を逃す気はないからな！


ええー本日はお日柄も良く……なんて挨拶を交わしたくなるような、見学者の数よ……。

ウェンディ、シロ、アイナ、ソルテ、レンゲ、は当然のごとく座って見学に来ているし、隼人達もフルパーティーでいて七菜《ナナ》まで何故か来ており、それ以外に教師陣もいらっしゃる。

威厳のあるひげを長々と生やしているあの老齢のお方は学園長で間違いないはず。

なんで学園長が？　どうして学園長が？　と、こんな展開を招いた過去の自分に問いただしてみるも、この現状はきっと俺のせいじゃない。

だって今日は別に卒業試験じゃないんだよ？

なのになぜ学園長まで……。

更に言えば生徒達それぞれのお父様やお母様までいらしており、背筋が勝手にピーンって伸びるんだよ。

だって全員本物のお貴族様だからね。

なんちゃって王族や、話しやすい錬金術師や英雄の伯爵ではなく、シシリア様のような本物の高貴なオーラが眩《まばゆ》いほどに伝わってくる貴族様だからね！

そして当然のごとくつい最近威圧をかけられましたラズやクランのお父様であらせられる鬼教官さんもいらっしゃっているんですよ。

視線が合うとふっと微笑んでくれたのだけど、あれ？　なんか主にシロの方を見ていないか？

ま、まあそれは置いておいてどうしてこんなにも大げさなまでに見学者がいるのかというと、つい昨日研究に研究を重ねてついに完成した満足のいく香水を俺とアイリスが最終確認するという日なのだ。

……勘違いされては困るのだが、これは特別に日を選んだものではなく、ただの通常授業だ。

だからアレだ。前もって予定を知らせて時間を取ってもらい集まってもらったとかではないはずなのに、何故かどうしてか仰々しいこと極まりない集まりになってしまっているのである。

「ふむ……そろそろ始めてくれるか？」

そして仕切り出すのはアイリス。

この所業はこいつのせいか……と思ったのだが、アイリスも関わっていないそうだ。

こいつがアイスにかけて！　と、言った以上間違いないだろう。

そんなアイリスは俺がこの空気にド緊張しているのを察しているのが良くわかるような、とても楽しそうで悪い顔をなさって教卓の横へとお座りになっておりまする。

でも、困惑して停止してしまっていたのである意味助かった。

でもね？　これ別に発表会とかじゃないんだよ？

こんな空気の中どう授業しろっていうのかな？

俺の普段の様子を見せてもいいの？　怒られると思うよ!?

「せんせー！　早く早くー！」

「早くせんせに確認して欲しいんだよ～！」

そんな俺の心情を理解してなどくれはしない生徒達。

そりゃあ、君らにとってはようやく出来た完成品のお披露目だし、後ろにいらっしゃる方々も見知っており見慣れた光景なのかもしれないんだけれど、一般庶民の俺にこの光景はなかなかこたえるものがあるのだと察してほしい。

貴族怖い貴族怖い貴族怖い……お前らのお父様のおかげで恐怖対象なんだよ！

粗相などしようものなら首を刎《は》ねられるんじゃないだろうか？

あー……早退したい。

早退して今日じゃない日にしたい……。

でもね。もう俺にはどうにもできないことはわかっているんだよ。

だからもうしーらない！　なるようにしかなんないよね！

「あー……それじゃあ、完成品α《アルファ》の確認な。アイリス、お前に試してもらうものだから、一緒に確認してくれよ」

アイリスに話を振るとお貴族様方からざわっと一瞬聞こえるも、はしたないと思ったのかすぐさま声がやむ。

お静かに、とか言わないで済むのはありがたいが……あーそうだよね。

なんちゃってでも王族に対して俺みたいな一般庶民が呼び捨てだとかお前呼ばわりはまずかったか……。

「ふむ。確認するのは構わないが、まずはお主からするのが筋であろう。なんせ、わらわお気に入りの超腕利きの錬金術師であり、皆の担当の教師であるのだからな」

なんでわらわお気に入りだとか、超腕利きだとか言った……。

一応俺がアイリスに対して気安い関係であることを説明してくれたのだと、いい方向に解釈しておくが……。

「まあ、お主がわらわに命令する……というのなら、聞いてやらんこともないぞ？　ここは学園。あらゆる権利を持ちこむことも、持ち出すことも罪となる場。わらわは誓って外には持ち出さぬから、好きにするといい」

にゃろう……。

なんで俺の命令なら聞く……みたいな話になってんだよ。

さっきよりもどよめきが起こってるじゃねえか。

楽しそうに笑みを浮かべやがって。

「はあ……では、私から失礼いたしますよアイリス様」

「いつも通りの砕けた話し方で良いぞ？　アイリス……と、呼んでお……くふ、れ」

最後笑ってんじゃねえですよ……。

……後で泣かす。

目の前でこれ見よがしにアイスを食べつくしてやる……。

溶けた雫《しずく》の一滴も残さずだ……っ！

「……では、完成品α。これは、アイリスにつけてもらい社交界で披露してもらう予定の物だったな。それじゃあ、失礼して……」

試験管の蓋を開き、まずはそこから香る匂いを確認する。

トップノートとして立ち上るのは鮮明なほどの薔薇《ばら》の優雅な香り。

柑橘《かんきつ》系やパイナップル、ベリーのようなフルーツの匂いが混ざっていて甘すぎず、爽やかさもあるのだが強調すべき優雅で気品のある薔薇の香りは損なわれてはいない。

むしろ、強くある薔薇の香りを最後までさらりと受けいれさせてくれるような鼻の抜け具合を演出するようだった。

「おお……アイリス。嗅いでみてくれ」

「うむ。お主の顔を見れば、嗅がんでも結果はわかるが……」

俺が試験管を渡すと、アヤメさんが受け取ってアイリスへと渡してくれる。

その際に香ったのか、アヤメさんの頬が少し緩んでいたのが目に入った。

「はーい！　せんせー！　次は、少し時間を置いたものだよー！」

香水とは時間が経《た》てば香りが変わるもの。

シングルノートで薔薇だけを抽出した香りでも、薔薇のオイル自体が貴重なため、十分に価値あるものになるだろう。

だが、それはどうやらこの世界の既存の香水の定番らしい。

現在はシングルノートが主流であり、それゆえに長くもたせるために強い匂いが多いそうだ。

ゆえに、違いを際立たせるためにも今回はトップ、ミドル、ラストと三段階の変化が訪れ、長時間経ってもあまり強くはない香りが持続するものをと、難易度の高い香りを製作することにしたのだ。

それくらいはしないとアイリスを納得させるのは難しいだろうという判断からのものである。

……こういう時、良い意味で妥協しないのがアイリスだからな。

「はい、せんせーミドルノートだよー！」

片手を俺の顔の前に伸ばすラズの手に俺の手を添え、まるで手の甲にキスをするかの如《ごと》くそっと香りを嗅ぐ。

先ほどまでの鮮明な薔薇の香りから、少し別の花の香りが入ってくることで、花畑のような印象を強く受ける。

自然な香りのように柔らかく、そして優しい香りで強く嫌みな印象はまるでない。

そんな中でも、一輪の薔薇の花が中心にあるような気品を持ち、可憐《かれん》な女性を思わせるような香りであった。

「最後はラストノートだよ～！　今日家からつけてきたものだよ～！」

今度はクランがやってきて、ラズと同じように俺へと腕を差し向ける。

ラズはアイリスの前に立ち、ミドルノートの匂いを嗅いでもらうようだ。

「じゃあ、失礼して……」

クランの腕を取って鼻を近づけると、先ほどまでの優雅で気品のある香りから大分落ち着いた、遠くから香る花のように大人しいものだ。

香水としての強さは失った優しい香り。

大人の落ち着いた女性を思わせるような、先ほどとは違う意味で魅力的な香りだ。

さりげない弱い香りになるように調整してあるのは、今後大勢が香水をつけてパーティーなんかに参加した場合、重なり合ってしまわぬようにと施した工夫だ。

場も落ち着いたころに、強い香りが立ち上るのは良くないだろうと、生徒達が話し合い、あくまでも自然で落ち着いた香りをと工夫を凝らした意見交換の賜物である。

「……うん。凄く良い。よく頑張ったな」

俺の言葉に、生徒達が満面の笑みを浮かべ喜びを露《あらわ》にする。

女生徒同士で手を結び喜びに震えているようだが、視線をアイリスに移すと今一度緊張感をもってアイリスの感想を待っている。

「なるほど。これを生徒達が作ったとは驚愕《きょうがく》だな」

「だろう？　それで、合格点はいただけるかな？」

「うむ。素晴らしい香りであった。単一の香りを強くつけねば長い時間香らぬ既存の物とは大きく違うな。まさかこんなにも違う香りが一つの香水から香るとは思わなんだ。それでいて、わらわに合うものをと考えてくれたのだろう。喜んで、今後の社交界で使わせていただこう。むろん、王国だけに限らず、広めさせてもらうぞ」

……良かった。

あいつらの努力が実って本当に良かった。

何度も話し合い、意見をぶつけあってより良いものをと試行錯誤してたんだ。

皆一生懸命で、皆本気で取り組んでいた。

だから最後の方は俺は本当に暇だったから、この試作品の香りを嗅ぐのも初めてだったのだがすごくよく出来ていると俺も思った。

「……だってさ。良かったなお前ら。せっかくだし、ご両親たちにも試してもら――」

「「「「「「「「「やったぁぁぁぁああああ！！！」」」」」」」」」

「って!?」

ムギュウ。

いた、痛い！　ちゅぶれる……潰される……。

圧が……また密度が濃い……！

なんかこの学園に来てから俺、圧力に襲われることが多々ある気がする！

「ううう……やったよー！　アイリス様にも認めてもらえたよー!!」

「頑張って良かったよ～！　せんせ、ありがとうだよ～!!」

「ああ、うん。良くやったな。でも、まだこれから――」

これで終わりじゃあないからな？

まだまだ種類を増やさないといけないし、常に新しい試みも試さないと……ま、まあでも確かに一つ完成品が出来たのは嬉しいか。

よ、よし。分かった。今は沢山喜んで良い――。

「ううう……初めてこんなに一生懸命になって、頑張れました！　先生、私達も褒めてくださいー！」

「お、おう。良くやった。凄いぞおま――」

「頭！　頭撫《な》でてー！　ラズとクランだけじゃなくて私達にもー！」

「あ、頭!?　えっと、こうか？」

「先生こっちもー!!」「私もー！」

「え？　ちょ？」

先生の腕は2本しかないんです！

頭が10個程あってわちゃわちゃしているから、誰が誰かもわからないんだけど!?

っていうか、お前達はこっちに集中しているから気づかないかもしれないが、お前達の親御さん達がとても驚いた様子でこちらを見ていらっしゃるんだけど!?

鬼教官カラントさん来ちゃう？　来ちゃうんじゃないかな!?

「モテモテじゃな。親の前でようやるの」

「俺が何かしているように見えるなら、そのいらない目はポイしてしまえ……」

最早《もはや》揺れもしない程にがっちりと囲まれ、摑まれている俺は、まるで痴漢の冤罪《えんざい》を受けぬように両手をきっちりあげて対策をしている満員電車のサラリーマンが如くである。

とはいえ、無理に引き離すわけにもいかない。

なんせ……。

「ひっ……私、初めて頑張って、良かったって……」

「うんうん。頑張ったよね。私達、今までにないくらい頑張ったもんね。あー……本当……良かった……」

と、歓喜に震え泣き出している子までいるのだから、野暮なことはするまい……。

これからが大事ではあり、これからが忙しいのだが……あれだけ頑張った成果が出たのだから喜びもひとしおだよな。

「ああそうだな。よく頑張った。見違えたよお前ら。出会った時よりも、確実に立派になってるぞ」

「ううう、せんせーありがとー!!」

「まだまだ一本目で全然かもしれないけど、でもでもありがと～!!」

「「「先生ありがとう――――!」」」

……だから、親御さんも驚いていらっしゃるのはわかりますが、距離感なども含めてできれば大目に見てください。

もう少ししたら皆落ち着いて成果を皆様にもお見せできると思いますので、今しばらくこの状況を俺と一緒に待ってくださいな。


あああ……授業終了の鐘が鳴りようやく落ち着いたよ。

「くははは。なかなか愉快なものであったなあ」

と、楽しそうに笑うアイリスだがたすけてくれなかったのは忘れないからな……。

生徒達はお昼休憩という事で食堂へ。

俺は今回出来た香水について纏《まと》める資料があるのでそれらを分かりやすいようにまとめてから行く事にした。

アイナ達は冒険科の様子を見に行き、ウェンディは一足早く教室を出て食堂のお手伝いへと向かっていったので傍《そば》にはシロとアイリスがいる。

「はあ……疲れた。アイスでも食べるかな」

「なに？　わらわの分は！」

「無い」

「なんでじゃあ!?　わらわはお主らに協力するんじゃが!?」

なんでも何もお前俺で遊んでたろう？

協力は確かにありがたいが、それに対して対価は別で支払ったよな？

じゃあ駄目ですね。ああー疲れた体に甘い物が染みるわあ……。

「主。あーん」

「あーん」

「ぬあ！　シロだけずるいぞ！　ぐぬぬぬ！　はっ！　なるほどな。あーん」

「……あげないって」

「あーん！」

「……分かったよ」

あーんって口を開けながら段々と距離を詰めて来るんじゃないよ。

至近距離まで近づく気だったろお前……。

「んんーっ！　やはりお主の作るアイスはたまらんのう……。もう一口！」

「お昼がはいらなくなっても知らないぞ……」

「構わん。わらわの昼食はアイスで良い！」

どんだけ食う気なんだよ……。

流石にそんな量を食べたらお腹《なか》壊しちゃうよ。

「失礼。仲睦《なかむつ》まじいところ申し訳ございませんが、少々先生をお借りしてもよろしいでしょうか」

わあ……カラントさんと、その後ろには見学していた貴族の方々だあ。

仲睦まじいだなんてそんなそんなははは。

ぞろぞろとやってまいりました。圧が……カラントさんのお家で感じたものとは違う高貴な圧を感じる。

この人たちとは住む世界が違うのだと否応《いやおう》なく納得させられるオーラが見える気がする！

「カラントか。構わんぞ」

「アイリス様ありがとうございます。では、先生」

カラントさんはキリッとした顔をすると、しっかりと旋毛が見える程に頭を下げた。

それに伴い後方にいた皆様まで一般庶民である俺に頭を下げるので慌ててしまったが、アイリスがとんっと肘で俺を突くので慌てずに済む。

これは貴族としてではなく、親として頭を下げているのだろう。

「一同を代表しお礼を申し上げます」

「……お礼を言われる事ではありません。私は仕事をしただけですし、この道を進む事を決めたのも、努力をしたのも彼女達ですので」

頭を下げ続けるカラントさん。

だけど、それは俺にすることじゃあない。

可能性もこれからの道も、切り開いたのは生徒達なのだから俺にお礼を言うよりも、彼女達をどうか労《ねぎら》ってやって欲しい。

「娘達が作った香水はとても素晴らしい物でした。学園長も既に卒業資格を満たしたとおっしゃっておりましたよ」

「おお、そうですか。それなら私の仕事も全うできましたね」

チェスちゃんから受けた仕事は卒業資格を満たす事。

最初はポーションの成功確率を上げて卒業資格を満たそうと思っていたのだが、香水で達成することが出来て良かった。

「錬金術師としてはまだまだかもしれません。ですが、皆で協力してこれからやっていくと宣言されました。娘の成長を見る事が嬉しい反面、少し寂しくもありましたね……」

と、眉尻を下げる皆様。

その気持ちが分かるとは、子供のいない俺には言えないが……。

「……子供の成長は速いですからね。本当に、驚くべき速度で進んでいきますよね」

「ええ……分かっていたつもりではあったんですがね。この手から離れていく日はいずれ来るのだと……。これからは貴族ではなく、一市民として生きていくという訳ですな……」

親離れと子離れ……嬉しさと、寂しさと。

分かっていても、辛《つら》い瞬間というやつなのだろう。

「……貴族ではなくなるのかもしれませんが。皆さんが彼女達のご両親であることは変わりませんよ。これからも親として接して差し上げてください」

「はい。何かあれば必ず力にはなりたいと思っております。まあ、娘達は嫌がるかもしれませんが……娘が幾つになろうとも一生心配をしてしまうというのが親というものですからね」

貴族でも平民でも、親が子を想う気持ちは変わらない。

親……か。

七菜が泣いた日にはあまり思わなかったが、俺の親も俺がいなくなって心配してくれているんだろうな……。

「主？」

「ん……」

シロが心配そうな顔で俺を見上げているので、ふふっと笑って頭を撫でる。

大丈夫。寂しくないよ。

俺にはお前達がいてくれるから、大丈夫だ。

そう言えば以前、隼人は元の世界に帰りたいと願っていたみたいだがこんな気持ちになった事があるんだろうな。

だけど、俺はやっぱりこの世界で生きていきたいと思う。

この寂しさはぐっと心の奥底へと押し込めておく。

大切な人が沢山出来たから、それを守り続けていきたいと何よりも思うから。

「先生もどうか、今後とも娘達をよろしくお願いします。それで……ですが、今後は店を出す予定なのですよね？　であれば、我々に用意させていただきたいのです」

「それは……ありがたい申し出ですね。正直、店の用意までは手が回らず、かといって彼女達だけでは難しい問題でしたので」

最初はどこかのお店に卸してもらい、そこから収入を貯めて店舗を建てるしかないと思っていたのだが、先に店を用意してもらえるのであればありがたい。

生徒達は親からの支援を受けたら自立とは言えない！……というかもしれないが、そこは貰っておけと俺が説得するとしよう。

結局店があっても、今後をどうするのかは生徒達自身なのだしな。

「せんせー！」

「せんせ！」

「「どー～ん!!」」

「ぐぅっ！」

カラントさんと話をするので立ち上がっていたせいか、両サイドから寸分違わぬタイミングでタックルを受ける俺。

当然ラズとクランだという事は分かっているのだが、お前らなあ……。

俺今、お前らのお父様と良い感じでお話ししていたの見えたよね？

お父様達がお店を用意してくれるから、学生の内にプレオープンして様子を確かめられる素晴らしい機会に恵まれそうなんだぞ？

「せんせー！　ご飯いこー！」

「せんせ！　今日のご飯はきっと一際美味しいんだよ～！」

ご飯のお誘い？　それなら後で行くから、今は大事な話を――。

「随分と……我が娘達と仲が良さそうですな」

………ひぃ。

先ほどの娘を想う慈愛溢《あふ》れる瞳はどこへ行ったのかと思う程に、今一瞬目がギラリと光った気がした。

今は眼を細めて笑顔を見せてくれているが、うっすらと開いた瞳の先は俺をしっかりと見据えているのが分かる。

「お父様ー！　うんー！　仲良しだよー！」

「せんせとは仲良しだよ～！　デートも行ったもん～！」

「ほおおおおう。それは聞いておりませんなあ。そう言えばこの前帰宅が遅かった日がありましたが……放課後に寄り道とは感心しませんなあ！」

後半の笑顔でとても低い声が怖い……っ！

お、おおお鬼教官の片鱗《へんりん》が出て来てます！

「それに……先ほども思いましたがうちの娘達とくっつきすぎではありませんかね？」

「そ、そそそそうですよね！　俺もそう思います！　ほら、ラズとクラン離れてくれ！」

俺の為に早く迅速に早急にお願いします！

眼光で人は死ぬと実体験させられそうだから早く！

「やー！」

「いや〜！」

なんでだよっ！

俺お前達の為に頑張ったと思うんだよ！

少なくとも力にはなれたと思うのに、なんでこんなことするんだよっ！

お父様から守ってくれるんじゃなかったんですかねえ!?

「はっはっはっは！　困りましたねえ。未婚の娘がここまで心を許しているとなると……これはけじめはつけていただかないとですねえ先生？」

ふへ……け、けじめ……。

指……とかですか？　錬金できなくなっちゃいません？

「娘達は自立を目指しているようですが、商売はそんなに簡単ではない。ですがきっと先生はなにかあれば……勿論助けてくださるのでしょう？」

へ、それは可能な限りは勿論って……た、退路を断たれた!!

ぽんっと俺の肩に手を置いた鬼教官さんが笑顔の後ろに真っ黒なオーラを背負っていらっしゃる!!

あれだ。ダーウィンの持つ得体の知れない恐怖のオーラにとても似ている。

関わりたくない！　でも、逃げられない!!

あ、ちょ、肩に置いた手に力入ってません？

内側がミシミシ言ってる気がするんですけど!?

か、肩があああ割れるううう！

「ももも勿論です。いついかなるときでもお力になります！　はい……」

「そうですか。で、あれば良いでしょう。いやあ、大事に育ててきた愛娘《まなむすめ》なものでね。心配で心配で……親バカですみませんな。でも、いざという時に貴方のような優秀で頼りがいのある錬金術師がついていてくださるのなら、安心ですな」

ああ、オーラって一瞬で消せるのか……。

授業前にトイレに行っておいてよかった。

肩が割れそうになるという聞くのすら初めての体験をするところだった……。

はああ……昼飯、入るかなあ……。

最終章　修学旅行

（I wish）


制服にエプロンって、悪くないよなあ……。

そんな事を考える俺はもうおじさんっぽいな。とか、部屋の隅から部屋全体を見守りつつ思っていた。

「陳列は－？」

「「「「おっけ～！」」」」

「お釣りは～？」

「「「「あるよー！」」」」

「開店時間は－？」

「「「「もうすぐ～！」」」」

「心の準備は～？」

「「「「出来てるよー！」」」」

と、今日も元気な生徒達《たち》。

本日の授業は香水販売のプレオープン。一日限定の課外授業という訳だ。

いやあ、貴族様って凄《すご》いねえ……ここ、王都の一等地よ。

人の往来が多い大通りな上に人が並びやすい角地でもあり、一体いくらするんだろうかとか考えるとぞっとするから考えるのをやめるレベルの好立地。

そんな所に新しく建てられた店舗を丸々一つぽんっと用意するんだもん貴族の親はレベルが違うよねえ。

初め生徒達は受け取れないだとか、それじゃあ自立にならない！　とか言っていたけれど、『娘への最後の贈り物って事だろう？　勿論《もちろん》親子の縁が切れる訳じゃあないんだからいざとなれば力を貸してはくれるかもしれないけど、親の気持ちも汲《く》んでやってくれ』と、諭してやるとありがたく使わせていただく事に。

俺としてはありがたい限りだろうと思うのだが、まあ俺は他人の手を遠慮なく借りられる大人だからなあ。

彼女達はまだまだ純粋な子供だもんなあ。

これから商売を経て、汚い大人に直面などもするのかと思うと心配なのだが……まあ、この店で何か揉《も》め事《ごと》が起こる心配はしていない。

だって、店の外に生徒達の家の貴族の紋章がずらっと入っているんだもの。

更には隼人《ハヤト》とエリオダルト、それにアイリスのものまでありつつ衛兵の詰め所も近いのだから、ここを襲う悪党は余程の馬鹿なんだろうなあ。

絶対それも考えてここに店を建てたんだろう……過保護だよなあ。

まあ生徒達も色々文句は言いつつも、在学中にお店を出せる事は嬉《うれ》しそうにしていたからいいんだけどさ。

「せんせーお客さんもういるかなー？」

「んんー？　どうだろうなあ」

アイリスから貴族へ、そこから使用人などを経て市民にも噂《うわさ》は広がっているはずではある。

更には隼人からの贈り物としてシュパリエ様にも送ってもらった際は大変な喜びようであったらしい。

そこからヒントを経て男性から女性への贈り物に今一番熱い！　等の宣伝もしてあるから誰も来ないという事は無いだろう。

……ただ、外の紋章は正直仰々しくて客足を遠ざけかねないとは思っている。

「まあでも大丈夫だろう」

「せんせ。楽観的過ぎるよ～！」

「んー？　だって、外から声が漏れ聞こえているしなあ」

壁際の端で邪魔しないようにしていたらよく声が聞こえるのよ。

もうね。空間座標指定《エリアポインティング》を使うまでもないの。

すっっっっげえお客さんいるからね。

お客さんが来るかどうかの心配よりも、接客の心配をしているよ俺。

とはいえ今後の事を考えるとお客様の声を直接聞くという得がたい経験もあるので、全員が接客できるようにしないといけないからな。

卒業後は接客と研究の両立をしないといけない訳なので大変だろうが……この建物の上層に錬金

室もあるんだよなあ。

忙しくなったら上から人を呼べる上に、帰りが遅くなったら仮眠室もあって泊まれるんだから便利で安全というか……貴族すげえなあだよね。

これが新参商人のスタートだなんて妬みはあるかもしれないが、それは商品の質で黙らせていけばいいかな。

「皆ー！　それじゃあ扉を開けるよー！」

「「「「おおー!!」」」」

お。ついに開店……いや幕開けか。

生徒達のブランド『ノブレス』。

高貴という意味を持つフランス語であり、貴族であった彼女達の新しい誇り。

ノブレスオブリージュという言葉は有名だろう。

高貴なるものの義務を意味する言葉だが、そこからオブリージュを取り、自由になったという意味も含まれたブランド名。

それでいて、ノブレスだけを残すのは例え彼女達が貴族ではなくなったとしても、今までの教えを誇りに心は高貴で高潔であり、商品の品質への自信も含まれている。

彼女達にぴったりのブランド名だろう？　俺はノブレスオブリージュについての話だけはしたが、そこから彼女達が導き出したブランド名なんだよ。

まあ、高貴さってのは体からも染み出るもんだからなあ。

貴族のご令嬢に頭を下げられ慌てる人達がとても多いが、いずれはきっと生徒達が変わらない対応を取り続ければ慣れていってくれることだろう。

「3種類もあるの？　アイリス様がお使いになられてるのは……あれね！」

「男性用は1つだけ？　消臭薬もあるのか……え、お一人様2点まで？　友人へのお土産にしたかったんだがなあ……仕方ないか」

「娘の結婚式に送りたいのだが……どちらが良いだろうか？」

と、一人一人に対応をしているから回転が悪いな……。

目的の商品が決まっている人はすぐさまレジへと行ってくれるが、あの速さ……もしかして二周目狙いか？

禁止はしてないが……まあ在庫は沢山あるし、多分大丈夫だろう。

プレオープンが決まってから、新しい物を開発するよりも大量生産にシフトさせたからなあ……。

良い1品が出来たとて、数が無く買える人が少ないとせっかくのブランドも台無しだからと、全授業を使って頑張っていたのだ。

「主君。買いに来たぞ」

「お。遅かったな」

「主様がもしかしたら貴族の紋章のせいで気後れしてしまうかも……っていうから、早めに並ぼうと思ったのにもう並んでたのよ」

「大盛況っすねえー！」

「だな」

店に入る上限人数を最初に決めておいて良かったな。

全員が入れるようにしていたら、ごった返して商品が割れる等して大失敗になるかもしれなかった。

アイナ達の事は事前に話しておいたので、多分人数制限にはカウントはされていないだろう。

「……ねえ私もちょっと買ってきていい？」

「ん？　ああ勿論。まあお一人様2点までだけどな」

「ええ、そうなの？　うう……シロ？　いるんでしょ？　ちょっと付き合いなさいよ」

「ん？　シロは主に作ってもらうからいい」

シロはあまりこういうのはつけないそうだが、俺が作ったら付けると言うので今度作る約束をしたのだ。

どういうのが良いかなー？　やはり癒し系……お昼寝するのにちょうど良い香りが良いかなーと、まだ漠然としたイメージがあるだけだけどな。

「フレッダやアインズヘイルの冒険者が欲しがってるのよ。2本じゃ足りないからお願い」

「んー……仕方ない。牛串10本で手を打つ」

「ぐ……分かったわよ」

「はっはっは。それじゃあ、自分達も行って見てくるっすよー！」

「ではな主君」

「おーう」

アイナ達の背中を見送ると、どこか少し楽しそうに見えたのだがきっと気のせいではないだろう。

主にソルテがだが、目がキラキラと輝いていたしなあ。

んんーしかし、列が全然はけていないなあ……。

丁寧な対応……というのはこの店では正しい事なのだが、お客さんも初めての香水に気になる点も多くじっくり見たいというのもあるんだろうなあ。

とはいえ情報通であればどんな香りがあるのかは知っているだろうし、実際に一度体験出来ればある程度欲しい物は定まるはず。

「……ラズ。幾つかの長香石《ちょうこうせき》にそれぞれの香水を吹きかけて外で待機している方々に試香してもらってくれ。それで各コーナーに移動して香りを試さずともお気に入りが分かるから、今よりも早く対応出来るはずだ」

「え、わ、分かったよー！」

「クランは列を二つに分ける。買うものが決まっている人の列とじっくり話を聞きたい人の列にな。買うものが決まっている人はそのままレジに通して注文式で販売を。レジ裏に各種在庫を用意しておいてくれ。じっくり話を聞きたい人には今まで通り、人数に制限を設けて接客してくれ。ああ、あと二周までって周知も忘れずにな」

「う、うん！　分かったよ～！」

ふう。とりあえずこれでなんとかなるかな？

と、腰を下ろすと予想通り、販売速度が大分上がったようだな。

『ノブレス・アイリス』の在庫が足りないよー！」

「上から持ってきます！　誰か一人手伝ってくださいな！」

「試供品の数を増やすよ！　長香石作ってくる！」

「ちょ、今は待ってくださいまし！　上に行っている二人が戻ってからに！　でないと手が回りませんわ！」

と、大パニック。

まあ今日は初日な上に一日限りの限定販売だなんて聞けば、人は良く集まってものだからてんてこ舞いなのはしょうがないな。

どれ……今日という日が大成功になるように、少しだけ俺も手を貸してやるとするか……長香石で試供品を作るとするか。

直接手を貸してやれるのは今日だけだぞ？

まったく……大変そうなのに楽しそうとか矛盾を抱えながら仕事をしてるだなんて、嬉しい悲鳴だねえ。

「申し訳ありません！　完売という事で、本日の営業は終了となりますー！」

と、宣言をして残念そうに帰る方々には来月またやる旨を伝え、無事に本日の課外授業は終了を迎える事が出来た。

で、店内に残る生徒達なんだが……お嬢様らしからぬ状態だな。

地べたに座るとか大の字になって天井を見上げているとか、カウンターにもたれかかるとかいや
あお疲れさんだね。

「はああ……はああ……疲れたよー！」

「もうダメだよ～！　一歩も動けないよ～！」

と、死屍累々《ししるいるい》というか、満身創痍《まんしんそうい》だなあ。

まあ今まで接客なんてやった事も無いだろうし、今日は皆ずっと動きっぱなしだったからなあ
……。

「それで？　今日一日やってみてどうだった？」

お試し、というのは何も香水の販売と言うだけではない。

実際に接客や市民とのやり取りを経て今後やっていけるかというのも兼ねられている。

今日一日だけでもやってみて、やっぱり駄目だった……何てことも無くはないだろう。

理想と現実は、違うものであり、思い描いてた理想通りにはいかないものだからな。

「とりあえず……疲れたよ～……」

うんうんと頷《うなず》き合う生徒達。

まあそれは見れば良く分かるよ。

それでも、お客さんの前では笑顔で明るく大きな声で接客を頑張っていたな。

「ああー……来月もやるんだよねえ？」

「ああ。その時はもう俺はいないけどな」

来月には俺の臨時教師期間は終わっているからな。

まあ、一日くらいなら様子を見には来れるんだが、あくまでもこれは学園の課外授業だから関わるのは難しいだろう。

「ええぇ……せんせーのおかげで助かったのにー」

「少し手を貸しただけだろう？　来月は今日の事を踏まえて対策を自分達で考えてやるんだぞ？」

「そっか～大変だあ～……」

たった一日で商売の大変さの全てが分かる訳ではないと思うが、それでも十分にこれから自分達が進む道の険しさは分かった事だろう。

諦める道も今ならまだ……と、思ったが……。

「でも……いい気分だよ～！」

と、屈託のない笑顔を見せるラズとクランを見て杞憂《きゆう》だったなと感じた。

その二人に引っ張られるようにそれぞれが笑顔を見せ、今日一日の充実感を感じているみたいだしな。

「いっぱい売れたねー！」

「買えなかった人に申し訳なかったよ～！　次はもっとたくさん用意しないとね～！」

「列整理が上手《うま》くできず申し訳なかったです……。もっとスムーズに販売できるように棚などの位置も工夫したいです！」

「……結婚する孫娘へのプレゼントって、買ってくれたお爺《じい》ちゃん。嬉しそうにお礼を言ってくださってとても嬉しかった……」

「んんー……充実感が最高。これが、働く喜びってやつなのね」

それぞれ、今日の出来事を思い返して反省や嬉しかったことを共有し、次に生かすための会議を始めてしまった。

……まあ、この感じなら大丈夫かな。

俺の仕事も、無事にこれで終わり……って事で、最後はとっておきで労《ねぎら》わせてもらうとしよう。

「お前ら、明日は休みだからな？　しっかり体を休めて明後日《あさって》に備えろよ？　香水の在庫を増やすのはそれ以降。明後日疲れてたりしたら、後悔する事になるからなー」

「「「「「「「ええ……？」」」」」」」

と、全員が不安げな視線を俺に向けるが、大丈夫大丈夫。

必ず人生において最高の経験の一つにはなるからさ！

という訳で！　明後日を迎えた今日！　俺は！　風を感じている……っ！

いや、むしろ俺はいま風になっているんじゃないか？

俺は……俺こそが風だ！

「うおおおおおおおおおおおお！　高ええええええええええええ!!」

「せ、せんせー!?」

「おっとすまん。つい叫びたくなっちまった！」

「満面のにんまりだよー！」

「せんせのテンションが今までで一番高いよ～！」

そりゃあ高くもなるだろうよ！

お前らもそんな中心にばかりいないでこっち来いよなー！　景色最高！　上げてけ上げてけテンション上げてけー！

「マイフレェエエェンド！　飛行船の乗り心地はいかがデェェエスかぁ!?」

「最高だ！　お前は天才だよエリオダルト！」

そう！　俺は今！　飛行船に乗って空を飛んでいるのだー！

流石《さすが》はエリオダルト！　こんなにすごい発明を俺の就任中に完成させるだなんてもう本当流石エリオダルトだよ！　さすエリだよ！

それならば生徒達にもこの感動を、錬金スキルの極致を是非見てもらいたいとエリオダルトにお願いしたところ、二つ返事でオーケーを貰《もら》えたので生徒も乗っているという訳だ！

……まあ、人数制限の関係上ウェンディ達を連れて来れなくなってしまったんだけどなあ……うん。

まあそれはもう一度くらいならば機会を作れるかもしれないと言うので、その日を願い楽しみにしていてもらうとしよう。

と、いう訳で……。

凄い！　凄すぎる！　俺が見た設計図にはあった飛行船のように窒素等を溜《た》めるバルーンがあるという訳ではなく、実際の船を浮かせているみたいなんだが格好良いんだ……っ！

船首は地龍にあやかって龍の頭を模しており、海に浮かぶ船には無い翼のようなものと大量の風を生み出す魔道具で浮力や舵《かじ》を取ることが出来ているらしい。

船のいたるところには地龍の素材があしらわれており、先ほどは巨大な怪鳥のような魔物がこちらに気づくと焦ったように１８０度速攻ターンを見せてくれたからなあ！

いやあ爽快だった！　魔鳥め恐れよ！　地龍様が飛んでるんだぞぉー！　わははは！

まあ地上におり空を飛べないはずの地龍と鳥系の魔物が空で出会う機会など一生無くてもおかしくはないから衝撃的だよなあ。

「シロー！　そこはどうだー？」

「ん。気持ちいい」

ウェンディ達は乗せられなかったのだがシロだけは……というか、装備も体重も軽いのでもしもの際の護衛という形でごり押しして乗ってきているんだが、船首の龍頭の上で横になって昼寝をするというなかなかの恐れ知らずな事をしていらっしゃる。

羨ましくも思うが……さすがにそこは怖いです。

不可視の牢獄《インビジブルジェイル》を使えば安全に行けなくもないが……生徒達が真似《まね》したら困るので、俺は残念ながらやめておこう。

親御さんたちからも『くれぐれもお頼みしますぞ！』と言われているからなあ……。

安全面については、シロを連れて行くと言うとカラントさんがそれならばと言い、他の貴族たちは疑問に思いながらもカラントさんが言うのならばと一応納得してくれたんだよなあ。

まあ、シロがああしてまったりしている間は危険もないだろう。

んんー……風が気持ちいいなあ！

「見て見て！　お城がもうあんなに小さいよー！」

「わあ……空……凄いよ～」

「高くて怖いです……お、おおおお、落ちませんよねえ!?」

「エリオダルト卿《きょう》の魔道具なら大丈夫でしょう。それに勿体《もったい》ないわよ。見てほら！　街道が延びていて絵みたいになってる。上から見るとこんな風に映るのね……」

と、生徒達も戸惑いに戸惑いを重ねていたようだが楽しむ方にシフト出来たらしい。

いやあ、物凄く貴重な体験だからな！　沢山楽しんでくれ！

「せんせー！　このまま空をぐるーっと回って王都に帰るのー？」

「いやいや。目的地はちゃんとあるぞ？」

「目的地～？　どこに向かうの～？」

「んー？　もうちょい進んでからのお楽しみ」

「勿体ぶるよー！」

「どこだろう～？　王都の北門方面から出たと思うんだよ～？」

ふっふっふー。このサイズの船が下りられる所で、それでいて頑張ったお前達を労えるような素敵な所だから楽しみにしているといいぞ！

さて、俺はもう少しこの船を探検させてもらおうかな？

寝室にキッチンもあるのか。え、シャワー室まであるの？

うわ、もうここに住めるじゃん。

「マイフレェェエンド！　そろそろ見えてきたデェェェス！」

「お。流石空の旅は速いなあ！」

真っすぐ進める上にこの船は飛行船なのにまずまずの速度が出ているからあっという間だな。

まあ俺が景色やら機関部やらを色々見ていたからあっという間に感じただけかもしれないだけでもう夕方ではあるんだけどそれでも早いなあ。

王都とユートポーラを往復する便だけで大儲《おおもう》け出来るな……まあエリオダルトはやらないと思うけどさ。

「あれって……ユートポーラが見えるよー？」

「温泉地だよ~!?　もしかして目的地って~……！」

「そう。温泉で疲れを癒すってのが目的だ！」

まあ本来はエリオダルトが開発したこの飛行船に一緒に乗せてもらうって言うのが貴重な体験という事で、ご褒美的な役割なんだが……どうせ乗るなら目的が欲しいじゃん？

どこ行くかなー……と思ったら、温泉を持っている事を思い出して温泉と言えばという事で修学旅行に行こうと考えた訳ですよ。

学生時代……一番思い出に残っている事と言えばやはり修学旅行だったかなとも思うし、いい思い出になるかなと思った訳だ。

……学園長は王都の外に出る事も、万が一の事も心配なさっていて説得は大変だったけどね。

親御さんたちは……まあ、カラントさんのおかげでなんとかって所かな……。

何かあれば……ひぃ。何もない事を切に願うよ！

「で、でも！　もう夕方だよー？　今からこの人数で泊まる場所を探すのは難しいんじゃないかなー？」

「ユートポーラは人気なんだよ～！　あ、もしかしてこの船に泊まるの～？」

この飛行船に泊まるのでも良いんだけどなあ……流石にこの人数分のベッドはないので、そういう訳にもいかないんだよな。

「Ｏｈ。船には寝心地などを調べるために我々は泊まりマァァスが、皆さんは別の所を用意してあるそうデェェェェス！」

「エリオダルト卿……別の所ですかー？」

「そうデェェス！　マイフレェェンドが温泉と館を持っているそうなのデェェス！　私もこの船が無ければ行きたかったデェェェス！」

「え、せんせーユートポーラに別荘があるのー!?」

「おう。我ながら自慢の温泉と館があるぜ。お前達が頑張ったご褒美として温泉でたっぷり癒された後は、皆で食事とお泊りって訳だ」

「お泊りなんだ～！」

「おお……皆でお泊り……初めてだよー！　楽しそうだよー！」

「嬉しいですし楽しそうでワクワクしますけれど……よくお父様達がお許しをくださいましたね」

そう。それは本当に大変だったんだよ……。

エリオダルトの最新魔道具を体験できるという機会は貴重であるのは間違いないし、彼女達の錬金術師としての生活に間違いなく意味があると強く熱弁をし、たまたまタイミングも合い、世紀の大発明を体感できるなんてこの機会を逃したらないかもしれないと限定感を訴えた訳だ。

でも一番のネックであったお泊まりについては何故《なぜ》だかすんなり許されたんだよなあ。

まあ許可が貰えたなら良かったたって事で、俺の温泉へと到着！

エリオダルトたちは街の外で飛んだまま待機しており、暫《しば》しのお別れ。

……俺もあっちに泊まっても良かったんだが、シロが護衛対象が二箇所に分かれるのは無理。って言うもんだから仕方ないよなあ。

んんー……エリオダルトと飛行船について夜通し話すのも楽しそうだったんだけどそれは別の機会にするとするか。

まあ、今回はご褒美だし、生徒達を労うのが俺の役目だからな。

「ん。主。草……野菜切り終えた」

相変わらず野菜を草扱いするんだなシロ。

今日はウェンディはいないが、ちゃんと食べるんだぞう。

「おーう。ありがとな。それじゃあシロもお風呂入っておいで」

「ん？　主と入る」

「いや、今日は一人だしまだまだやる事多いから先に入っちゃってくれ」

今日は料理を手伝ってくれるウェンディやミゼラもいないからなあ。

12人分の料理を作るのは流石に少し大変だから遅くなるし、疲れるだろうからあとで一人でゆっくり入りたいのでお願いします。

「んー……ん。分かった」

「お肉、沢山焼くからな」

「ん！　楽しみー」

おーう。今日は良いお肉を仕入れているから、沢山お食べよ。

さーて……それじゃあ気合を入れて腕を振るうとしましょうか。

相手は貴族のご令嬢。

普段食べている料理には劣るかもしれないが、最高のおもてなしをさせてもらおうじゃあないの。

本日は定番の洋食セットを作らせていただこう。

まずはキングブラックモームの良い所を厚切りでステーキに。

ああー……普段よりも厚切りのキングブラックモーム……贅沢《ぜいたく》だあ。

ソースはバターと醤油《しょうゆ》でシンプルに、だけど醤油はこの世界にないから初めての味わいに感じるだろうな。

……シロを含めて12枚以上焼かないといけないのは大変だが頑張ろう。

スープは流石に煮込む時間が足りないから、先んじて用意させてもらいました。

カレー風味のスープと、ゴロゴロ柔らかほくほく野菜仕立てでございます。

サラダはトメトとシロが刻んでくれたローメイレイタス、アボガード、ベーコンとチーズを同じような大きさに切り分けて作ったコブサラダ風。

米とパンは選べるようにしつつ、米はガレオを使ったがっつりなガーリックライスも用意する。

んんーこんなもんかな？　食材は良いものを使っているし、貴族のご令嬢でも満足はしてくれると思うんだがどうだろうか？

「ひゃあああ！」

「むううう、ラズ……また大きくなってるよ～！」

「いきなり触るんじゃないよー！　クランだってお尻が大きくなったの知ってるんだよー！」

「お尻は大きくなって欲しくないんだよ～！　私もおっぱいが欲しいんだよ～！」

「それは……無理じゃないですかね？」

「ネギーナ～？　地味にネギーナも大きいのを私は知っているんだよ～！」

「ひゃあ！　ちょ、クラン？　いきなり揉まないで……っ！　ネギンを食べればあなたも大きくなりますよ！」

「え、そうなの～!?」

「……ネギンにそんな効能はないと思うよー」

「ネギーナ～!!」

と、およそ貴族のご令嬢らしからぬはしゃぎようなんだけどな。

もっとお淑《しと》やかに「はふぅ……良いお湯ですねえ……」「そうですわねえ……」とか静かに入るのかと思ったんだが……皆でお風呂に入る事が楽しすぎるようだ。

まあ露天風呂だし、あの人数で広い風呂に一緒に入った事も無いだろうから楽しいのは分かるけどな。

とりあえず、料理は完成したしデザートの製作に取り掛かるとしようか。

夕食はボリューム満点だけど、女の子はデザートは別腹だというしシュークリームを食べたラズとクランの反応的に多分大丈夫だろう。

風呂上りに用意したのは当然浴衣と羽織。

アマツクニの服だと教えると、他国の服に興味があったのか風通しの良い生地の涼しさなのか皆きゃあきゃあと騒いでいる。

きちんと左前で右手が入るように重ねさせておいた。

「アマツクニってあれよね？　お米！　あとこの建物もアマツクニ風というのかしら？」

「アマツクニ国は帝国の更に奥にある国なんですよねえ。先生達流れ人が行くと感涙するって言われてるそうですよ」

「肌触りが良くて風通しも良いですわね。お風呂の後にはぴったりですわ」

「こ、これ帯がほどけたら大変ですよ！　全部！　全部見えちゃいますよ！」

と、おおむね好評のようである。

……ちなみに、サプライズなので着替えなどはないのだが……俺がサイズを伝えてソルテに用意してもらい、シロに置いてきてもらったという訳だ。

ソルテからは侮蔑と同情交じりの視線を向けられたのだが、以前王都に出かけた際のことを思い出してしまった。

で、お風呂の後と言えばという事で、扇風機も設置したのだが……。

「あああああー」

「ラズ！　交代！　交代だよ～！」

「まだずずんでないよおおー」

……風呂上りに扇風機を用意すると異世界でも同じ行動をするんだなあ。

本当におよそ貴族令嬢らしくはないのだが、温泉では気を緩めるのが作法とも思えるので構いやしないいんだけどな。

「おおー！　これ全部せんせーが作ったんですか!?」

「おう。口に合えば良いんだけど」

「これ、お肉はキングブラックモームですか？　美味《おい》しいですよねえ」

「だよなあ。高いからあんまり手は出ないんだけどな」

「これから自立したら、こういうのもなかなか食べられなくなるのね……」

「なあに、あの売れ行きなら問題ないさ。ほら皆。食事の用意が出来たから、席についてくれー」

料理を一通り並べ終えて皆を集めたのだが、床に座布団を敷いての食事スタイルは初めてなのか少し困惑気味。

アマツクニスタイルだからと言うと、郷に入っては郷に従ってくれたようだが、正座は無理しなくていいぞ？　ん？　ああ胡坐《あぐら》を組むと下着が……なるほど。座りやすいように座ってくればいいです。はい。

「いただきます」

と、言う文化は確かないんだったな。

だけど俺に習って皆が手を合わせて呟《つぶや》き、食事がスタートする。

きょろきょろと周囲を見回して皆が皆の動向を探っている中、シロが真っ先にステーキにナイフを通し、大きめに切り分けた肉をフォークで刺してパクリ。

大きく切り分けたせいで頰を膨らませながら幸せそうに食べるシロを見て、皆もそれぞれ料理に手を伸ばし始めていた。

「おおー……このサラダスプーンで食べやすいよー！」

「サラダにチーズとお肉も入っているんですね。色々混ざっていて美味しいです！」

「初めて飲むスープね……。んっ、ちょっと辛いけど美味しいわ」

「お肉～！　厚切りだよ～！」

「シロちゃんみたいには難しいですね……」

「ん？　お口いっぱいのお肉。これが一番美味しい」

「そ、そんなに大きく口は開けられませんよ……」

「シロ。お肉も良いけど野菜もな」

「ん。今日のサラダはお肉入り。頑張って食べる」

偉い偉い。偉いから、お肉の部分だけを食べようとするなよー？

一緒に食べたら美味しいから……。

「なんかアレだねー。男の人の料理！って感じだねー」

「お肉のサイズとかワイルドだよ～」

「肉は分厚い方が美味《うま》い。……カリカリベーコンとかも美味いけど、肉汁溢《あふ》れる肉ならば厚さこそが至上だからな」

俺も食べるとしようかな。

うん。やはり分厚い肉は良いねえ……。

キングブラックモーム……美味すぎるう……。

噛《か》んだ瞬間に溢れる肉汁がたまらん……。

おっと、野菜から食べないとなのについステーキの魅力に負けてしまった。

んんー……コブサラダも美味いなあ。

ベーコンとチーズで味が濃く、アボガードの濃厚さと食感の柔らかさがローメインレイタスのシャキシャキとした歯ごたえと相まってたまらない。

そしてステーキにはライス。

ガーリックライス……この世界ではガリオライスがまた美味いんだよ……。

バターとニンニクの旨味《うまみ》がねえ……もうね。

このガリオライスだけでもお腹《なか》いっぱい食べられるくらい美味いのさ。

女の子に匂いのするガリオは……とか思ったりはしない。

女の子だってガリオ大好きな事を俺は知っているからな！

それに、だ。

「ガリオって多い程美味しいですよねえ……でも匂いが……。今日は皆とお泊りですし尚更《なおさら》気になりますよね」

「んんー？　ふっふっふ。その心配はいらないぞ？　忘れてないか？　俺達は聖石をもっていることを！」

そして今目の前にある水こそが聖石を漬けた水なのだ！

消臭効果もあるこの水を飲めば当然……ガリオの匂いは消えるという訳さ！

そして、それに気づいた女生徒たちはガリオライスを注文してきたのであった。

「ふわああ……美味しかったよー……」

「お腹いっぱいだよ～」

ぐでーっと食事を終えたテーブルへと突っ伏す生徒達。

だらしないが、今日は癒しが大事なので咎《とが》めたりはしない。

「っし。それじゃあ洗いものしてくるからゆっくりしててくれ」

「あ、せんせーお手伝いするよー」

「ん？　大丈夫だから腹を休めとけって。食べ過ぎてお腹ぽこってなってるぞ」

畳が気持ちいいのか仰向《あおむ》けで俺の方に首だけ向けるラズのお腹は、僅かに大きくなっているように見えるのでそのまま休んでくれてていいぞ。

「な、なってないよー！」

「そうかあ？　ライスもおかわりしてたろう？」

「ぐぅ……お、美味しかったんだもんー……」

「それは良かったよ。ところで、デザートもあるんだが……入る――」

「「食べるー～！」」

「お、おう……入るのか」

「勿論だよー！　全然入るよー！」

「せんせのお菓子ならいくらだって入るよ～！」

デザートは別腹……とはいうものの、お前ら今お腹いっぱいで動けなくなってるじゃないか。

しかも今回作ったのって、約束通りクロカンブッシュだぞ？

お腹いっぱいの状況でシュークリームに飴《あめ》をかけたもの、別にキャラメルをかけたものもあるんだが、流石に重すぎるんじゃ……まあいいか。

「それじゃあ、洗い物をしたら出すから短い時間だが大人しく食休みをしておけよ」

「「「「はーい！」」」」

「ん。シロは動けるからお手伝いする」

と、良いお返事を貰ってキッチンへと行くとシロがついてきてくれたので、一緒に洗い物。

「今日はお肉が沢山で幸せだった」

「おかわり沢山したなあ」

6枚くらい食べてたよなあ……シロのお腹もちょっとポッコリしてるなあと見ると、頬を膨らませたので慌てて荒い物に集中する。

「主、今日はデザート何食べるの？」

「んー？　シュークリームを積み上げたやつだよ。元の世界じゃあ結婚式のケーキがわりにも使われるんだが、中々見応えも食べ応えもあるものだぞ」

「おおー……結婚式……ウェンディが聞いたら勘違いされる……」

「あー…………内緒な？」

「んー……内緒よりもウェンディ達の前でも作った方が良いと思う」

そうか。そうだな。そっちの方がいいか。

よしよし。これで豪華なお菓子がまた食べられるとか思ってるんだろうけど、その思惑に乗ってやるとしようじゃないか。

「せんせーのお菓子はねー今まで食べたことが無い味がするんだよー」

「せんせのお菓子はカシュッとしてて、中からじゅわっとするんだよ～」

と、自分達は俺のお菓子を食べたことがあると自慢げに語るラズとクランの自慢話を興味あり気《げ》に聞く生徒達の前に俺が大皿に乗せたクロカンブッシュを持って行くとわあっと沸いた。

ラズとクランには説明していたはずなのだが、実物を見て目がキラキラと輝いているのは可愛《かわい》らしいなあと思ってしまう。

「すっごい……見たことないお菓子……」

「丸いパンのように見えるんですけど、これがカシュッとしているんですか?」

「いや、飴やキャラメルでコーティングしてあるから少しパリッとしてるかな。中はクリームが入ってて、勢いよく食べると飛び出すから注意してくれ」

俺の説明は前のめりにクロカンブッシュに夢中でちゃんと聞いているかは分からないが、まあ今回はナイフとフォークもあるので大丈夫だろう。

しかし、皆さん目がキラキラしていますこと。

さっきまで満腹だーって動けなかったはずなのになあ。

これが元の世界だったら皆スマホを取り出して写真をパシャパシャ撮っているんだろうなあ。

「それじゃあ切り分けるぞー。追加で粉糖も用意してあるから、好みでかけてもいいが……より甘くなると思うから量には気をつけろよ」

「うん! うん! せんせー早くー!」

「うわあ〜……前食べたものよりずっと豪華だよ〜!」

「慌てるなよ。食べるのは全員分切り分けてからな」

「うう～我慢我慢～！」

「はぁあー……甘い香りがたまらないよー！」

ごくんっと生唾を飲むラズとクラン。

やはり、甘い物は別腹というか別格という訳か。

お腹がいっぱいであっても、唾液が溢れる程に魅力的に見えるものなんだなあ。

「それじゃあ、全員にいきわたった事だしいただきますか」

もう我慢も出来そうになさそうだしな……ああ、うんはい。どうぞどうぞ召し上がってくださいな。

「はあああ……あーんむ……んふっ！　んふふふー！」

「はあ～……んう……んっ～！」

今回はナイフとフォークを使って食べているのでクリームは飛び出さなかったようだな。

それにしても、皆美味しそうに食べるねえ。

小さめで飴をかけたものとキャラメルをかけたもの、それとノーマルのシュークリームを用意したんだが、あっという間になくなりそうだ……。

「美味しいー！」

「ただ甘いだけでなく、卵の濃厚さやきゃらめる？　の香ばしさがとても美味しいですねえ」

「はあ……とても美味しいです。これを先生がお作りになられたんですか……？」

「私もお菓子作りは得意だと思っていたけど、これは凄いですね……。先生、今度教えてください！　いえ、一緒にお菓子作りしましょうよ！」

「えーいいなー！　せんせー私も一緒に作りたいー！」

「残っている授業でやるのもありじゃないかな～？　確か中身のクリームは錬金で作るんだよね～？」

「そうなんですの？　でもそれでしたら先生の秘伝なのでは……？　それを教えて貰うのは難しいんじゃ……」

「んー？　ああ別に構わないよ。お菓子技術はどんどん広まって、俺が作るよりも美味いお菓子が増えて欲しいしな」

実際クリスが作ったシュークリームの方が美味いし、クリスがいる場合は一緒じゃない時は作らないからなあ。

あくまでも俺は趣味みたいなものだし、クリームの作り方が広まって本職であるお菓子職人が試行錯誤して作ってくれた方が美味しいものが出来るだろうしなあ。

「……でしたら、レシピを商業ギルドを通して公開すればよろしいのではないですか？」

「あー……確かその辺りはメイラが詳しかったな……。今度聞いてみるか」

お菓子を作って売る場合は手数料を頂けるんだったっけかな？

わたあめの際にそんな感じの契約をした気がしたんだが、違ったっけかな？

家庭で作る際は手数料をいただかない等細かく設定もできるとは思うんだが、今度メイラに相談してみるか。

「メイラさんをご存じなんですか？」

「ん、ああ。よくお世話になってるよ」

「そういえば、メイラさんってアインズヘイル住みでしたね」

「そうだな。というか、メイラって有名なんだな」

「それは勿論だよー！　メイラさんは甘い物のお店の経営を幾つもしているんだよー！」

「ん？　流通関係が主な仕事じゃないのか？」

「それもあるけど、王都で幾つものお店を出してるんだよ～！　そのお店のお菓子はどれも美味しくて、貴族にも大人気で同世代なのに凄い人なんだよ～」

ほーう。メイラが優秀なのは知っていたんだが、そこまで有名だったんだな。

……何かあればメイラに相談するように言っても良いんじゃないだろうか？

錬金スキルについてなどは俺も相談には乗れるが、経営戦略的な意味ではメイラの方が力になれるだろうしなあ。

「メイラさんにご相談するのでしたらきっと、メイラさんがお店で取り扱ってくださいますね！　是非！　是非ご相談するべきです！」

「お、おう。そうだな。俺も不労所得が手に入るし、そうするか」

ぐいぐいっと顔を近づけてきて、目力が怖かった……お菓子への信念恐るべし。

まあでも確かにメイラのお店で取り扱って貰えれば、生徒達の相談もしやすいか。

帰ったら相談してみるとするかね。

さて、俺もキャラメルのを一口……。

「あー……」

「お～……」

一口……したいんだが、凝視しないでもらえますかね？

お前らは自分の分が……もうないのかよ。

「はあ……仕方ないな」

「「せんせ」ー！」

「追加を出すけど、あんまり食べると……太るぞ」

ピシィッと何かが割れるような音がした気がして皆が喜んで手をあげたまま止まるが知ーらない。

だって事実だし。

今日はお肉もあれだけ食べて、お菓子もさらに沢山食べるとなれば当然だよなあ？

デザートは別腹でいくらでも受け入れられても、現実は受け入れられないみたいだったな。


夜も更けたという事で生徒達には広い部屋に布団を敷いて皆で眠ってもらう事にし、俺は片づけ等をこなした後はゆっくり風呂に入る事に。

普段はベッドで寝ているため、布団で寝る事に驚いてはいたようだがこれもアマツクニスタイルだと言うと納得して、郷に従って貰えて一安心。

10組もの布団を並べ皆が近い距離で横になっているという状況に多分まだ眠れていない事だろう。

修学旅行は電気を消した後が楽しいからなあ。

恋バナは定番として、今日食べたお菓子や温泉の事、お洒落《しゃれ》やお菓子の時事ネタや、家族の事など話す内容は沢山あって明日はきっと寝不足なんだろうなあ。

ちゃぷっと湯から手をあげ、はああ……と息を吐いて体を伸ばし今日の疲れを癒す。

修学旅行の引率の先生もこうやって夜に疲れを取っているんだろうか？……お疲れ様です。

いやー疲れたなー……普段家事をこなしてくれているウェンディとミゼラにはもっと感謝しないとだな。

あと、今日は手伝ってくれたシロも労わないと。

でも、疲れたけどあれだけ喜んでもらえたならやって良かったなー……んんー！　はあ……。

ああー……やっぱうちの温泉は最高だな……。

そういえば、久しぶりに一人で入ったかな。

ここに来るときは大概二人きりになりたい時だし、この前は一人で入っていたら七菜《ナナ》が入ってきて……あー……思い出したら……。

「ふうう……鎮まれー鎮まり給《たま》えー」

なんて、別に声に出さなくても良いんだけど一人だしなあ。

「「せんせ」ー？」

……と思ったら、まさかの女子風呂の方に誰かいらっしゃる!?

パーテーションはつけたままなので姿は見えないのだが、この声は……ラズとクランか！

「お前達寝てなかったのか？」

「うんー。寝る前にもう一度お風呂入ろうーと思ってー！」

「皆はもう寝てるけどね～。ここのお風呂はお外で入るのが新鮮で凄い気持ちいいんだもん～」

ほうほう。二人は風呂好きか。

風呂好きに悪い奴《やつ》はいない……それに、この温泉が気に入ったというのならいくらでも入るといいさ！

「そうか。それじゃあ俺は上がるから、ゆっくりしていきな」

「ええー！　せんせーまだいてよーちょっとお話ししようよー！」

「え、いやでも俺が入ってると落ち着かないだろう？」

俺は気遣いが出来る大人だからな。

俺はいつでものんびり出来るし、お前達は二人きりの温泉タイムを堪能した方がいいんじゃないか？

「壁もあるしそんな事ないよ～！　せんせも壁際に来てお話ししよ～よ～！」

そ、そう？　それじゃあ俺もまだ入り足りなかったし、確かにパーテーションはあるしお言葉に甘えて……。

「ねえ、せんせーここに連れてきて貰えてとっても楽しいよー」

「お、そうかそうか」

パーテーションを背にしてゆったりとしながら背中越しに会話をすることになった。

パーテーションは下部分が開いており、お湯の行き来は出来るというもので完全に姿は見えないが気配は感じる事が出来ている。

「料理も美味しかったよー！　皆も美味しかったって、また作ってねせんせー」

「皆で横になりながら色々話すのも楽しかったし、皆でお風呂も初めてだったから楽しかったよ〜」

「そいつは良かった」

これはサプライズ修学旅行は成功かな？

学園での思い出として、きっとずっと心に刻まれてくれることだろう。

「エリオダルト卿の錬金で作った飛行船も凄かったね〜」

「ねー！　空からの景色なんて初めて見たよー！」

「流石だよなあ。俺もびっくりした」

不可視の牢獄《インビジブルジェイル》を使って空に上がるのとはまた別なんだよなあ。

空を飛ぶ船……ロマンだよねえ。

「今日があるのは、香水が成功したからだよねー」

「全部せんせのおかげだね〜」

「そんな事ないぞ。お前達が頑張った結果だからな」

「ううん。そんな事あるんだよー」

「本当に、せんせのおかげだよ〜」

「だから……本当にありがとー〜！」

そこまで感謝されるっていうのは、素直に嬉しいと思ってしまう。

実際俺がやったことなんて大した事じゃあなく、成果が出たのは真面目に取り組んだ生徒達の力なんだがな。

この仕事、最初は飛行船に乗る為《ため》に面倒だけど仕方なく受けた仕事だったんだが、飛行船に乗る以上に得るものがあったな。

もう一度する気はないんだが、こいつらの相談はいつでも受け付けることにしようと改めて思う。

「で、せんせーはさっき何を鎮めてたのー？」

「んんっ!?」

聞かれていないと思っていたのに、まさか聞かれているとは……。

「鎮まり給え〜って言ってたよね〜」

「あー……いやあ……その……そう。元の世界に、そ、そういう歌があってな！　鎮まれ〜鎮まり給え〜……って……」

っ、きついか！　何の歌だよってなるよな！

こんな歌を一人で歌っているとか訳わからないよね!?

「そうなんだー鎮まれー」

「鎮まり給え〜！」

わおっ！　何とかなってるっ！

流石そっちから見たら異世界だから……って事かな？　ふう……危ない危ない。

誰もいないと思って油断していたが、何とかなったか……。

……ん？　待てよ？　今上機嫌で歌っているのだが、これをお父様の前で歌ったとしよう。

『その歌はなんだい？』

『これー？　これはねーせんせーが歌っていたんだよー』

『元の世界のお歌らしいよ～。温泉に一緒に入っていた時に教えてくれたんだ～』

『……ほう』

ってなるんじゃないの？

男なら鎮まり給えの意味がシチュエーションからすぐ察することが出来ちゃうんじゃないの!?

……まだなんとかなってねえ！

「そ、それは男の歌だからあんまり歌わない方が良いんじゃないかな？」

「そうなのー？」

「そうなんだ～？」

「う、うん。そうなんだよー～」

ある意味では嘘《うそ》じゃない。

男がね。ほら、鎮める時に唱えるものだから、間違いは言っていない！

「はああ……あー……お風呂……気持ちいいー」

「このまま寝ちゃいそうだよ～」

「いや、寝るなよ？　寝たら助けに行くけど、裸を見られたくはないだろう？」

「…………せんせーなら、見てもいいよー？」

「そうだね～。せんせなら、見てもいいよ～？」

「なっ……」

何を言って……。

「あ、今照れたー？　照れたでしょー？」

「焦ってたよ～？　当たり前だけど冗談だよ～？」

ぐっ、まさかアレか。

俺を照れさせる作戦が継続中という事か！

流石に不覚にも裸を想像してしまい反応してしまったじゃないか！

まだ鎮まり切っていなかったアレがまた……っ。

地龍の肝を手に入れてから持久力が上がったせいで反応が早くて長いんだよ……。

また鎮まれー鎮まり給え～。

「やったー！　せんせーを照れさせたー」

「照れてない！　というか、今のは卑怯《ひきょう》だろう……」

「え～絶対照れてたよ～」

「どうだろうなあ？　顔を見た訳じゃあないだろう？」

からかわれたのでちょっと強情になってしまった。

相手は子供、気にしてはいけない。

とりあえず……早く鎮まれ！

「むうー……あ。クラン」

「ん～？……なるほど～」

なにやらひそひそと話しているのだが、何をしているんだろうか？

「せーの」

「よいしょ～！」

という掛け声とともに、バン！っと音がして慌てて振り向く俺。

すると、パーテーションの上から顔を覗《のぞ》かせている二つの顔が……。

「へへー！　ほらほらー顔が赤いよー！」

「想像したの～？　せんせのえっち～」

「ばっ！　おま危ないぞ！」

お前ら今裸……じゃなくて、パーテーションは不安定だから乗るなよ！

以前案内人さんは乗っていたが、それはあの人のポテンシャルがあるから出来る事。

普通にパーテーションは頑丈に設置しているのではなく、移動式な訳で……そうなると……。

「あ、あれー？」

「あわわわ～？」

と、倒れてきますよねえ!?

「危ない！」

俺も倒れて来たパーテーションに潰されそうになるが、それよりもラズとクランが危ないと手を伸ばし、二人を救出しなければっ！　と、無我夢中で手を伸ばし――バッシャーンと、大きな音を立ててパーテーションが倒れる音がした。

「っ……はあ、はあ……はあああ……危ないだろうが……」

「痛たたー……ごめんなさ……ひゃああ！」

「ちょっと調子に～……やぁあああん！」

「ん？　あ……」

……あ、あれえ？　俺の手のひらが何やら柔らかい感触を摑《つか》んでいるのだけど……これって、アレかな？

俺が言うことではないのだけれどこういう時のお決まりのような展開と言うか、言い訳をするのであれば助けるのに必死だったからわざとではないとだけは言わせて欲しい。

「ううう～……触られたー！」

「うう～せんせが触った～！」

「待て待て待て悪かった。悪かったが、どいてくれないと手が離せな……いや待て、お前ら起き上がるな？　全部見えるから！」

「ど、どうすればいいんだよー!?」

「どけないし起き上がれないんじゃ無理だよ～！」

どうすれば……いや、俺が目を瞑《つぶ》ればいいだけだな。

「よし。目を瞑ったから起き上がっていいぞ！」

「ううう――！」

「ううう～！」

唸《うな》り声がして俺の手から柔らかい感触がどき、バシャバシャと音がしたのでもう大丈夫かなと目を開くとラズとクランの姿が無く一安心。

「せんせーが見て触ったー！」

「せんせ？　これは責任を取らないといけないんじゃないかな～？」

今のは不可抗力で……って、いや、言い訳はすまい。

「悪かった……思い切りビンタしてくれてもいいぞ」

ここは甘んじて二人の怒りの吐きどころを作り、それを受け止めなければいけない。

どんな理由があろうとも未婚のうら若き乙女の柔肌を見て触れるというのは許される事じゃあないからな。

よっしゃ、ばっちこい！

ああーでもビンタって目を瞑って待つ間が一番怖いんだよなあ。

目を瞑っているからいつ来るのか分からないし、んんん……っ。

「……なーんて、冗談だよー」

「今のは仕方ないもんね～」

「へ？　いいのか？」

「元々悪いのは私達だし、せんせーの照れ顔は見られなかったけど面白い顔は見られたから満足だよー！」

「このことは流石にお父様には黙っておくから、安心していいよ～」

……つまり、からかわれていたという事か。

いや、それでもカラントさんに黙っていてくれるというのはありがたいなあ。

「まあ、責任は取ってもらえるからねー」

「そうだね～どちらにしても、だよね～」

「へ？　責任？」

「お父様からの伝言なんだけどー『婚姻前の女性と外で泊まるという事がどういうことか分かっておられるとは思いますが一応一言。いざという時は責任を取って頂きますからね？』だってー！」

……え？

分かっておられるとはって修学旅行だと思っていたから分かっていなかったんですけど!?

こんな大事な事を事後承諾ですか!?

そういうことは出発前に……あ、だから泊まりの許可はすんなり出たのか！

つまり、今回の事でいざという時は生活を保証させる保険をって事か！

ただより高い物は無い的な……嵌《は》められた！

しかも、今回旅行に参加した10人をって事だよね？　カラントさんだけが圧をかけている訳じゃあないんだろうねえ!?

さ、流石貴族……ずる賢い！　やっぱり貴族は貴族だった！

「せーんせー。今回の事も含めて、責任……とってねー？」

「責任を取ってくれるならたっぷり見て触ってもいいからね～？　なんて」

さっき仕方ないって許してくれたのに!?

勿論いざという時はでいいよーと言ってお風呂を上がって行った二人だったのだが、貴族と女性のしたたかさに完敗したなと俺は月を見上げながら長湯をするのであった。

あとがき

11巻！　ご購入いただきまして、ありがとうございます！

今回は一部界隈《かいわい》では鬼門と言われる学園編……。

どうして鬼門とまで言われるのに学園編を書くのか。

俺なら出来るという自信の表れ？　いいえ。学生キャラが好きだからですね！

そして、学生を学生たらしめる学生服は外せませんよね。

制服は……皆さんはお好きですかね？　私は好きです。

セーラーブレザーワンピース型など現世界にも異世界にも様々なオリジナリティ溢《あふ》れる制服というものがある訳ですがそのどれもが可愛《かわい》らしく、ラズとクランが身に纏《まと》うオウカさんの描いた制服も趣旨にも合う素敵で可愛らしいものでしたでしょう？

そして今回のヒロインともいうべき双子のラズとクラン！

双子キャラ……皆さんはお好きですかね？　私は好きです。

活発な姉と大人しい妹、甘やかしてくる姉とツンデレな妹等の対極系も良いですが、ラズとクランは元気×元気で倍騒がしいような同系列の双子ちゃん。

イツキは今回は臨時の教師でラズ達《たち》はイツキからは子ども扱いの生徒達。

……だからこそ、最近定番化している最終章でどうしようかととても悩みましたねえ。

まあ配慮しつつ良い塩梅《あんばい》で描けたと思いますがどうでしょう？

それでは読者さんと関係各所の皆様に感謝しつつ、また次回もお会い出来ましたらお楽しみに！

異世界でスローライフを(願望) 11

発行 2023年10月25日 初版第一刷発行

著者 シゲ
イラスト オウカ
発行者 永田勝治
発行所 株式会社オーバーラップ
〒141-0031
東京都品川区西五反田8-1-5
校正・DTP 株式会社鷗来堂
印刷・製本 大日本印刷株式会社

ISBN 978-4-8240-0633-2 C0093

【オーバーラップ カスタマーサポート】
電話 03-6219-0850
受付時間 10時~18時(土日祝日をのぞく)

作品のご感想、ファンレターをお待ちしています

あて先:〒141-0031 東京都品川区西五反田8-1-5 五反田光和ビル4階 ライトノベル編集部
「シゲ」先生係/「オウカ」先生係